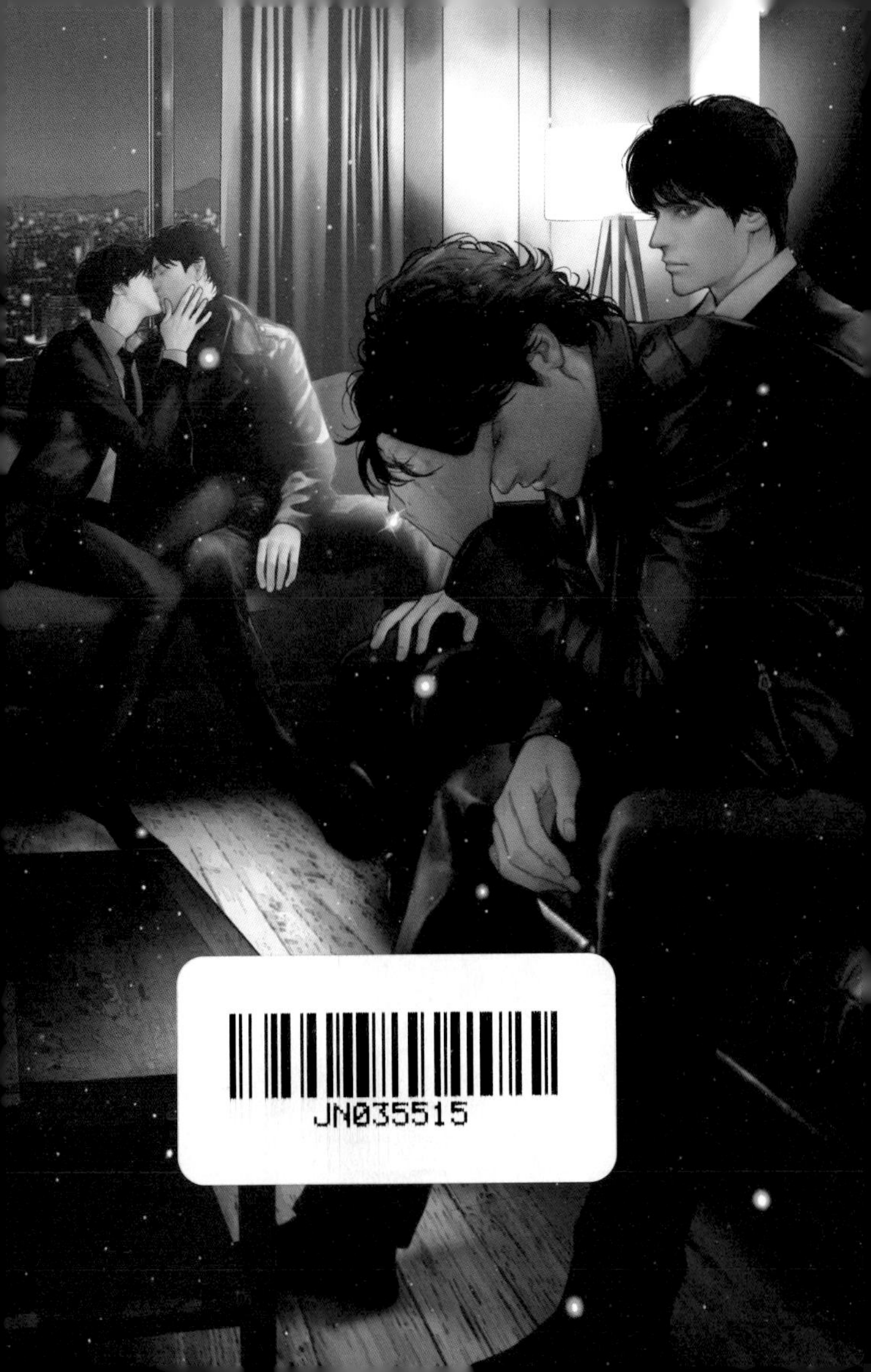

D+

dear+ novel

Kemono wa kakushite torawareru・・・・・・・・・・・・・

獣はかくして囚われる

沙野風結子

新書館ディアプラス文庫

獣はかくして囚われる

contents

獣はかくして囚われる

鹿倉陣也
（かぐら・じんや）
警視庁組織犯罪対策部
二課刑事。31歳。
ゼロとはギブアンドテイクの
関係を結んでいる。

桐山俊伍
（きりやま・しゅんご）
東京地検特捜部長。38歳。

早苗 優
（さなえ・すぐる）
警視庁組織犯罪対策部
二課刑事で鹿倉の後輩。
28歳。

Kemono wa
kakushite torawareru

登場人物紹介

煉条
（れんじょう）
東界連合の幹部。21歳。
ゼロ
無戸籍児集団
「エンウ（煙雨）」のトップ。
遠野亮二
（とおの・りょうじ）
半グレグループ・
東界連合の
リーダー。36歳。
李アズハル
（リ・アズハル）
世界を股にかける
カジノ王で、
不可侵城の経営者。
40歳。
ハイイロ
エンウのメンバー。
裏カジノの
ディーラー。
カタワレ
エンウのメンバー。
プログラマー、
ハッカー兼運転手。
リキ
エンウのメンバー。
地下闘技場の
ファイター。

illustration : 小山田あみ

獣はかくして囚われる
Kemono wa kakushite torawareru

まだ夜は明けていない。

いま目を開けても、そこにあるのはものの輪郭《りんかく》も定かでない闇《やみ》だけだ。

そう確信できるから、ゼロはもうひと眠りしようと目を閉ざしつづけた。

瞼《まぶた》越しにも闇の深さがわかるのは、幼いころからの経験によるものだった。闇は馴染み深く、もの心ついたときにはもう、目を開けなくても外界の明暗を察することができた。

ゼロは父親を知らない。

そして母親は、隙間風が吹きこむボロアパートに夜いることがほとんどなかった。

幼いゼロはだから、夜中に目を覚ましてもできるだけ瞼を開けないようにして、朝陽のほのかな気配を瞼の裏に感じてから目を開けていた。

朝が来れば、母親ももうすぐ帰ってくる。

けれども、その母親はいつも酒臭《くさ》くて、家に帰ってきたかと思えば万年床に倒れこんで目を閉じてしまうのだった。

ゼロが揺り起こそうとすると、母は枕元のコンビニの袋を指さす。

そのなかのものを食べて、ゼロは眠る母を部屋の片隅から見守った。

母はやつれていても綺麗で、まるで眠り姫のようだ。実際、夕方になれば綺麗に化粧をして、絵本のなかのお姫様みたいになる。
母は、ゼロの父親のことを「王子様」と呼ぶ。

王子様の子どもを産んだ彼女は、だからきっとお姫様なのだ。お姫様だけれども、父親が死刑囚《しゅう》だから、王子様とは結婚できなかった。そして王子様に迷惑がかからないように、ひとり息子であるゼロを世界から隠しておかなければならないのだった。

『ゼロの目と髪は、王子様のものなの』

夕暮れも終わる時間、家を出る前に母はゼロを抱き締めて、そう囁く。

抱き締められているのは、自分ではなくて王子様なのだと、子供ながらにわかった。

『誰にも見つかったらダメだからね』

そう言いながらゼロの頭を撫《な》でて、母はアパートを出ていく。

この世に存在しないも同然の戸籍《こせき》のない子供だから、ゼロは誰にも見つかってはいけないのだ。

それでももっと小さいころは、母親と一緒なら出かけることができた。

けれども、自分と同じぐらいの年頃らしい子供たちがランドセルを背負うようになると、それもぱったりなくなった。

『かくれんぼをしてるの。外は鬼だらけだから、絶対に出たらいけないの』

母は怖い顔で、噛んで含めるようにゼロに言って聞かせた。

しかし、昼も夜もあまりに長くて――。

昼は明るくて、すぐに「鬼」に見つかってしまうから、母がいない真夜中にゼロはこっそりとアパートを抜け出した。アパートの錆《さ》びた階段を鳴らさないように、そっと一段ずつ降りていく。数年ぶりに雑草の生《は》えた地面を踏み締め――何度もその場で足踏みをした。緊張と興奮に、心臓が口から出そうなほどドキドキしていた。

それから耳を澄まして、「鬼」の足音がしないか確かめながら夜道を隠れ歩いた。

住宅街のなかにぽっかりとある小さな公園に着く。

そこは昔、母とともに何度か通りかかったことがあった。同じ年頃の子と遊んだりブランコに乗ったりしてみたかったけれども、母にグイグイと手を引っ張られて、逃げるように立ち去らなければならなかった。「鬼」に見つからないようにするためだ。

その公園には細い桜の樹があって、もうほとんど散ってしまっていたけれども、まだほんの少しだけ残っている白い花が、月明かりに照らされていた。

……胸が震えて、ゼロはぎこちない動きでブランコに近づき、それに座った。

桜を見上げながら、少しだけ漕《こ》いでみる。板から落っこちそうになって、慌てて鎖《くさり》を握り締める。

初めはビクビクと、しかし途中からは夢中になってブランコを漕いだ。

キィキィと音がして視界が大きく揺れる。桜が近くに見えて、手を伸ばしたら花びらに触れそうな気がして――。

その時、ふいにカツカツという尖《とが》った靴音が聞こえてきた。

ゼロはまだ高い位置にあるブランコから飛び降りた。地面で膝を打ったけれども、そのまま転がるように躑躅《つつじ》の垣根《かきね》の陰に隠れた。

靴音が止まる。

ゼロはできるだけ身体を小さくして、横目で「鬼」の様子を窺《うかが》った。

赤いハイヒールを履《は》いた、少し母に似た感じの女の人は、不思議そうに揺れているブランコを見てから、公園内に視線を巡《めぐ》らせた。

――見つかっちゃう…っ。

全身が心臓になっているみたいだ。

しかし彼女の視線はゼロを通り過ぎ、桜へと向かった。そうしてしばらくぼんやりと残された花を眺めてから、さっきよりは優しい靴音で去っていった。

ゼロは震える吐息《といき》をつきながら自分の髪に触れた。

この夜闇のような髪の色のお陰で、紛《まぎ》れることができたのかもしれない。

そう思ったら、闇に包まれていることに深い安堵《あんど》を覚えた。

自分がいるべき場所はこの闇のなかで、ここでならば生きられるのだ。

『……生きられる』

小声で呟いてみると、身体の内側から力が溢《あふ》れるように湧いてきた。

暗ければ暗いほど、自分は自由で勇敢《ゆうかん》になれるのだ。

——お日様なんて…光なんて、いらない。

夢うつつのなか、意識があの時の子供の自分に融《と》けかけていたのだが。

ふいに髪を撫でられる感触に、いまの自分の意識が拡大した。母の仕草とは違う、どこかたどたどしい動きで、頭の輪郭《りんかく》を指がなぞる。

いつの間にか、瞼の裏側がほのかに明るくなっていた。もうすぐ朝陽が射すのだ。

目を開けようとして——開ける寸前、唇に温かな圧力を感じた。わずかに擦《こす》りつける動きをしてから、それが去る。

ゼロは今度こそ目を開ける。

すると、相手は驚いたように瞬《まばた》きをしてから、ちょっと口惜《くや》しそうな顔をした。

「なんだ。起きてたのか」

青紫色の光がカーテンのあいだから射して男の——鹿倉陣也《かぐらじんや》の、以前より鋭角的になった顔や裸体を薄《う》っすらと照らしている。

鹿倉は、無戸籍児として闇のなかを生きてきた自分とはまったく違う生き物だ。

心に深い傷を負いながらも刑事となり、一途に敵と向き合い、ひとり闘《たたか》いつづけてきた。

そして同じ敵を見据《みす》えるなかで、自分たちは交わったのだ。

目の奥が明るくなるのをゼロは覚える。

——……光なんていらない、か。

望んでも手にはいらないものは、切り捨てる。そうすることで確かに自分は強くなり、生き抜くことができたのだが。

「……」

むくりと上体を起こすと、鹿倉が浅い二重《ふたえ》の目でじっと見詰めてきた。

ゼロは痛みに似たようなものを感じながら顔を寄せる。

ほのかに光を帯びた頬に唇をつけると、

「寝起きのガキみたいだな」

鹿倉が肩を震わせて、ゼロの髪を乱暴に掻《か》きまわした。

1

「なんか、不気味ですよね」

夜の覆面《ふくめん》パトカーの運転席、早苗優《さなえすぐる》が呟いた。

助手席で目を閉じていた鹿倉《かぐら》は、わずかに瞼を上げて、下手をしたら大学生にすら見える二十九歳の同僚の横顔を見やる。

「東界連合《とうかい》のことか?」

「そうです。今年にはいってから、ほとんど名前が出てきませんよ。去年なんか、内部抗争だのなんだのって、騒動を起こしまくってたのに。……やっぱり遠野亮二《とおのりょうじ》が警察の目をかいくぐって帰国してみせたのが大きいんですよね。指名手配されてようが自由に出入国できるって示して、バラバラになりかけてた東界連合を束《たば》ねなおしたんでしょう」

赤信号でブレーキをかけると、早苗が眼鏡越しにこちらを見てきた。

得意げに小鼻《ふく》を膨らませている顔は、コツメカワウソそっくりだ。

「お前それ、相澤《あいざわ》さんの受け売りだろ」

相澤は警視庁組織犯罪対策部国際犯罪対策課——四月一日づけの再編で、組対《そたい》一課と二課が統合されて名称が変更された——の先輩刑事だ。

みるみる早苗の顔が赤くなっていき、視線が泳ぐ。

「し、師匠も、そんなようなことを言ってた気がします」

あらゆるジャンルの記者を飼いならして広く情報網を張り巡らせている相澤みたいな刑事になるのが、早苗の目標であるらしい。相澤とサシ飲みをしてからというもの、「師匠」呼びをするようになった。

「で、相澤さんは、具体的になにがどう不気味だって?」

決まり悪げに早苗が答える。

「遠野が東界連合に、なにか新しい展開を用意してるのかもしれないって、師匠は言ってました。そのために無駄なイザコザを抑えこんでるんじゃないかって」

暴行殺人事件で指名手配となった遠野が国外に高飛びしたあと、リーダーが実質不在となった東界連合は内部分裂を起こして、毎日のように死傷者を出す抗争を繰り返しては警察沙汰《ざた》になっていた。

しかし遠野が去年末にひそかに入国を果たしてから、抗争はぱたりとやんだ。

そしてそれと入れ替わりに、今度は無戸籍児の集団であるエンウに対して、東界連合は襲撃を企《くわだ》てるようになったのだった。

国内に少なくとも二万人以上いるとされる無戸籍児。

闇に紛《まぎ》れて生きているエンウの者たちは、自分たちのことを「ヒ・コクミン」と称する。戸籍をもつ「コクミン」とはまったく違うことわりのなか、公からは身を隠しながら生きている。

その特定が困難なはずのエンウのメンバーを東界連合が狙《ねら》い撃《う》ちにすることができたのは、アオという名のスパイをエンウに送りこんで、情報を流させていたせいだった。

スパイであったアオは子供のころ、恐怖によって遠野に洗脳されており、同情すべきところも多いということで、エンウの保護下にはいった。

いかにもゼロらしい裁定だった。

ゼロはエンウのリーダーであり、東界連合および遠野という同じ天敵を葬《ほうむ》るために、鹿倉が共闘《きょうとう》している男だ。

鹿倉は顎《あご》に手を当てて考えこむ。

そういえば、最近は東界連合から襲撃を受けたという話をゼロから聞かない。

——確かに、不気味なおとなしさだな。

「新展開のほうに、組織のエネルギーをそそいでるわけか？」

呟くと、早苗が助手席に身を乗り出してきた。

「なにを企んでると思います？　まさか、テロとか？」

鹿倉は口元を歪《ゆが》めて、早苗を運転席に押し戻した。

「青になってるぞ」

「え、あ、ほんとだ」

後ろの車にクラクションを鳴らされながら、早苗が慌てて車を発進させる。

……テロは、まぁないだろうな。

そんな手のかかることをしなくても、遠野は日本の上層部を操《あやつ》ることができるのだ。

不可侵城《ふかしんじょう》という、六本木にある十三階建てのビル。そこのオーナーである李《リ》アズハルは世界を股《また》にかけるカジノ王で、遠野は彼と繋《つな》がっている。

政財界の重鎮《じゅうちん》はもとより、警視庁の上層部ですら城に招待されて、未成年買春や闇カジノ、違法ドラッグなどに耽《ふけ》って弱みを握られ、李アズハルに完全服従している状態だ。

あらゆる犯罪が――殺人すらも、無効化される。

それが不可侵城なのだ。

遠野は高飛びした先で、李アズハルに匿《かくま》われていたという。そして帰国したいまも、彼の庇《ひ》護《ご》下《か》にある。要するに、警察すらも正面から遠野に手を出すことはできないわけだ。

遠野亮二という従姉《いとこ》を死に追いやった仇敵《きゅうてき》が、結果的には順調にコマを進め、東界連合を肥《ひ》大《だい》化《か》させていっていることを思うと、背筋が凍《こご》えて吐き気がこみ上げてくる。

口元に手をやると、ちらと視線を向けてきた早苗が心配そうに訊《き》いてきた。

「最近、調子悪そうですけど、なにかあったんですか？　痩《や》せましたよね」

「なにもない」

見え透いた嘘を口にして、ウインドウへと顔をそむける。

ピリついた空気に、早苗も口をつぐむ。

そのまま車は日比谷《ひびや》公園沿いの道を進み、警視庁本庁の地下駐車場へとはいった。鹿倉が降車しようとすると、早苗が「あの…っ」と声をかけてきた。

「なんだ？」

眉間《みけん》に皺《しわ》を寄せて睨《にら》みつける。

「不調の原因って、もしかして」

この小動物じみた外見で、早苗は意外と観察力がある。

危険な領域まで踏みこんでくるつもりではないかと、鹿倉はひそかに警戒する。

早苗が真剣な顔つきで、声をひそめた。

「新潟《にいがた》に一緒に行った人と、うまくいってないんですか？」

「――」

東界連合幹部である煉条《れんじょう》のことを調べにゼロとともに新潟に赴《おもむ》いたのち、たまたまマンション内でゼロとともにいるところを早苗に目撃されたのだ。

その場では高校時代の先輩後輩だと適当なことを言ったが、早苗は妙な勘のよさで、ふたりが特殊な関係であることを嗅《か》ぎ当《あ》てたようだった。

「どういう脳みそしてるんだ」

呆《あき》れ顔で一蹴《いっしゅう》して、鹿倉が車を降りると、早苗が慌てて追いかけてきた。

「違うなら、本当のこと教えてくださいよ！」

「必要ない」

「コンビとして知っておく必要がありますっ。これまでだって、少しは鹿倉さんの力になってきたって自負してます」

力になってきてくれたのは確かだ。

――でも、これ以上の危険には巻きこめない。

だから早苗には、いま自分がかかえているものを知られてはいけないのだ。

からかってはぐらかす。

「そんなじゃ、まだまだラッコにはなれそうにないな」

早苗がキョトンとして瞬きをする。

「ラッコってなんのことですか？」

「前に奢《おご》ってやったとき、酔っ払ってコツメカワウソからラッコになるって息巻いてただろ」

「なんですか、それ。すごく頭悪そうじゃないですか」

まるで難癖《なんくせ》をつけられた被害者のような顔をする早苗の頭を、鹿倉は軽く小突いてやった。


不可侵城は地上十三階地下三階建ての、複合違法遊興施設だ。

ただし、入城するには招待カードが必要で、カードは五ランクに分かれており、金で買おうとすれば、最下位のCランクで二千万円、最上位のSSランクともなれば三十億円かかる。しかも、不可侵城の番人たちと繋がるルートも必要となる。

要するに望めば誰でも入城できるわけではないのだ。

さらにいえば、所有カードのランク以下のエリアにしか立ち入ることができず、権限のないエレベーターに乗ろうものなら警備員が飛んできて引きずり下ろされ、強制退城となる。オーナーの李アズハルは、招待カードを餌《えさ》に、日本のあらゆる権力と繋がっているのだ。いや、日本だけではない。不可侵城はいくつもの国にあり、世界の支配者層を虜《とりこ》にしているという。

羊の仮面をつけてタキシードを着た鹿倉は、黒くカラーリングされた不可侵城のエレベーターに乗りこんだ。

頭のどこかでこれがいつもの悪夢だと知っていたが、なまなましい緊張と憤《いきどお》りに身体が震える。

エレベーターの扉が閉まり、勝手に箱が上昇を始める。パネルを見ると、十三階が点灯していた。箱はぐんぐん上昇していき、キーンと耳鳴りがする。とうに十三階ぶんを上がったはずなのに、まだまだ上昇していく。

その上昇しつづけるエレベーターの扉が急に開いた。

顔半分が隠れる兎《うさぎ》のマスクを被《かぶ》り、襟元《えりもと》にファーがついた白いノースリーブドレスを着た痩せた少女が乗りこんでくる。

彼女は横に立つと、鹿倉のタキシードの袖口《そでぐち》を儚《はかな》い力で摘まんだ。その摘まれたところから震えが伝わってくる。

声をかけようとするけれども、喉が詰まったみたいに声が出ない。声帯だけでなく、身体全体が凍りついているかのように固まっていた。動くのは眼球だけだ。

エレベーターはさらに速度を加速して、気圧が下がりつづける。耳鳴りに激しい頭痛が混ざりだしたころ、ようやく減速し、ついに止まった。

黒い扉がゆっくりと開いていく。

ブラックライトに照らされた、壮大な最後の審判の画像が広がっていく。

ここは不可侵城の十三階だ。

少女が鹿倉の袖口を、そっと離した。決して彼女を行かせてはいけない。焦燥感が爆発しそうなのに、動くことができない。懸命に視線で訴《うった》えながら、喉から音を絞《しぼ》り出《だ》す。

なんとか弱い呻《うめ》き声を発すると、少女が振り返った。

兎の仮面のふたつの穴から、真っ赤になった目がこちらを見上げてくる。

その枯れ枝のような十本の指が伸びてきて、鹿倉の首に絡みつく。か細い力なのに、窒息感《ちっそくかん》が襲いかかってくる。

仮面から覗く頬に涙が伝う。

『……助けてくれて、本当に、ありがと』

そう囁くと、少女はエレベーターを降りていった。

そして最後の審判の一部と化して立っている鬼神の能面をつけた男へと、ふらふらと歩いて行く。

——ダメだ…っ、そいつは……。

少女を追いかけたいのに、どうしても動けない。

男に抱きこまれた少女がこちらを振り返る。

兎の仮面は消えていて、懐かしい従姉の顔が露《あら》わになっていた。

——春佳姉《はるかね》ぇっ！

そして男の能面も消えていた。

遠野亮二が、禍々《まがまが》しい四白眼《しはくがん》で鹿倉を見詰めて舌なめずりをする。

『お前が俺に夢中すぎて、そろそろ可愛《かわい》くなってきた』

なんとしてでも春佳を取り戻して、ここから逃げ出さなければならない。凄《すさ》まじい感情に衝《つ》き動《うご》かされて、全身に力を籠《こ》める。すると、身体が動いた。

しかも右手には、フォールディングナイフを握っている。それをひと振りして刃を出しながら、鹿倉はエレベーターから飛び出そうとしたが。

胸に衝撃を受けたかと思うと、身体が後ろに吹き飛んだ。壁に背を打ちつけて息が止まる。

目の前に、紫色のタートルネックに細身の革パンツを着た、美女と見まごう男が立っていた。

『煉条ぉ』

狂ったアクセントで名乗ってから、煉条が宣言する。

『煉条はお前を殺す』

そう言いながら、拳《こぶし》を握って親指だけを立てる。その親指が下に向けられた。とたんに、エレベーターが落下しはじめる。ワイヤーが切れたのだ。加速度的な速さでどこまでも落下していく。どんどん上がっていく気圧に、身体を押し潰《つぶ》されて――。


「っ、ああ」

ベッドのなかで身体がビクンと跳ねて鹿倉は目を覚ます。

「――は……」

夢の続きのままに心臓を締めつけられる感覚が続いていた。

枕元のスマホで時間を確かめる。まだ深夜一時だ。ベッドにはいったのは十二時過ぎだったから、一時間もたっていない。シャワーを浴びて寝たのに、もう脂汗《あぶらあせ》で全身がぐしょ濡れだった。

いまも頭のなかで、このところ繰り返し見る悪夢が自動再生されている。

目を瞑《つぶ》れば、またあの悪夢に引き戻されるのだ。

寝不足続きで鉛《なまり》のように重い身体を無理やり起こして寝室を出る。

バスルームによろめきながらはいると、シャツとスウェットパンツを脱ぐのもだるくて、そのままシャワーを頭から浴びる。衣類が水を吸ってさらに身体が重たくなり、鹿倉は床に座りこむ。

「助けないと……」

夢の話ではない。

あの兎の仮面をつけた少女は、実在した。彼女は不可侵城でドラッグ漬《づ》けになって多額の借金を作り、遠野に裁かれて、地下三階送りになったのだ。そこで死ぬまでドラッグを与えられるのだという。

すでに、その日から二ヶ月がたっている。

――……でも、まだ生きてるかもしれない。

それに、地下三階送りになっているのは、きっと彼女だけではない。

かつて従姉の春佳は、遠野によって薬漬けにされて売春を強要されたうえに命を落とした。

不可侵城の地下には春佳やあの少女のような境遇の者たちが、閉じこめられているに違いないのだ。焦燥感《しょうそうかん》は遅延性の毒のごとく、日を追うごとに増していた。

いてもたってもいられず、鹿倉は座ったままもがくように衣類を脱ぎ、バスルームを出た。髪と身体を乱暴にタオルで拭《ふ》いて、服を着る。そしてまともに頭が働かないまま、フォールディングナイフと鍵《かぎ》をミリタリージャケットのポケットに突っこむと、部屋を飛び出してマンションの駐輪場へと向かった。

スピードが出きらない中古バイクを走らせる。

気がついたときには近くに六本木《ろっぽんぎ》ヒルズがあった。

無意識のうちに不可侵城を目指していたのだ。我に返って路肩でバイクを止める。

「……っ、なにをしてるんだ、俺は」

招待カードをもっていない身では、城にはいることすらできない。

ゼロならば招待カードをもっているが、彼にはリーダーとしてエンウを守る務めがある。

二ヶ月前、鹿倉が兎の仮面の少女を助けようとしたせいで、エンウが不可侵城のセキュリティをハッキングしたことが、城側にバレた。オーナーである李アズハルの耳にもはいっているることだろう。

そのためゼロ本人もエンウメンバーも、いまは不可侵城には出入りしていないらしい。

生ぬるいコクミンの自分は、ルールのない世界で生き抜いてきたヒ・コクミンであるエンウメンバーのような厳《きび》しい判断ができない。

鹿倉はジャケットのポケットに手を入れてナイフに触れる。

ゼロはエンウを守るためならば殺人を選ぶことができる。

――でも俺が殺せるのは、遠野だけだ……。

自分たちの、その決定的な差が埋まる日は来るのだろうか？

もしその日が来たとして、果たしてどちらがどちらの世界に呑《の》みこまれるのだろう。

指先に、ナイフではない、ころりとしたフォルムのものが触れて、鹿倉は目をしばたたく。

どうやら無意識のうちに一緒にポケットに突っこんで出てきたらしい。

ふたたびバイクを走らせ、六本木を離れる。

向かった先は中目黒《なかめぐろ》の、ゼロとランデブーを重ねてきたマンションだった。

七階に行き、ポケットから鍵を取り出す。自分では絶対に買わない、ころりとした笹団子《ささだんご》のストラップに、自然と口元が緩《ゆる》む。

明かりはつけずに、廊下とリビングを抜けてベッドルームにはいる。

月明かりに薄っすらと青く照らされるベッドは、昨日の朝のままに乱れきっていた。

鹿倉はジャケットを脱ぎ、続けて衣類をすべて身体から剝《は》がして床に落とした。

裸でベッドに載り、毛布の下に身を滑《すべ》りこませる。

体液が乾いてごわついているシーツの感触を、素肌で感じる。ふたりの混ざった香りが染み出すように立ちのぼってくる。

「ゼロ……」

ゼロとセックスしているときだけは、すべてを忘れられる。まるで凄まじいトルクで爆発的に加速するバイクに跨《また》がっているかのように、ゼロと熔《と》けているときはなににも追いつかれることはない。

その力強さに引きずられて、乗りこなそうと必死になる。ゼロだけで身も心もいっぱいになる。

そうして疲れ果てて意識を失えば、悪夢も見ない。

ゼロが寝ていたところに鼻を押しつけて、ほのかに苦みのある香りを深く深く吸いこむ。

香りが昨夜の記憶をなまなましく引きずり出す。

「ン…っ」

下腹部に手をやると、陰茎《いんけい》は芯《しん》をもち、すでに先端がぬるついていた。

手を動かして昨夜の行為のなかに戻ろうとするが、戻りきれない。

この一秒一秒にも不可侵城に囚《とら》われた被害者を見殺しにしているのだという罪悪感に呑みこまれそうになる。

いつしか手を動かすのをやめて、目を閉じていた。

そして羊の仮面をつけたタキシード姿になり、また黒いエレベーターに乗りこむ悪夢へと戻りかけたのだが。

「あ、ぁ」

身体が芯からざわめいて、鹿倉は身じろぎした。

苦みを帯びた香りに包まれている。横倒しの姿勢、背中に馴染んだ男の逞《たくま》しい肉体と体温を感じる。

夢なのか幻覚なのかわからないまま身体をまさぐられ、腰を抱かれる。

硬いものを脚の狭間《はざま》に擦りつけられる感触にゾクゾクする。ぐいと窄《すぼ》まりにそれの先端を押しつけられると、もうこらえられなくなった。

「ん――、っ……」

みずから腰を後ろに下げるようにして、内壁でペニスを咥《くわ》えていく。男も協力してくれて、大きく張った部位が襞《ひだ》を抜けた。

「あ……う、っ」

浅い場所をきつく押し拡《ひろ》げられただけで全身がビクつく。

「すげぇ喰いつき」

ゼロの声が耳許《みみもと》で囁く。大きな体軀《たいく》がわななく感じが、あまりにもリアルで。

鹿倉はなんとか瞼をわずかに上げ、首を捻《ね》じって背後を見た。

高濃度のエネルギーを溜めた黒い眸《ひとみ》に、ほのかに青みを帯びた白目。

「――ゼロ、なのか？」

どうしてゼロがここにいるのだろう。

昨日の夜に時間が巻き戻ったのかと、回らない頭で考える。

「俺以外、誰がお前にこんなことをするんだ？」

横臥《おうが》したまま繋がっている場所に、ゼロが圧力をかけてくる。ズブズブと結合が深まって、鹿倉はごわつくシーツを握り締める。

――本物のゼロだ。

そう確信したとたん、身体が一気に熱を帯び、胸のあたりが楽になった。

ゼロとのセックスに溺《おぼ》れているときだけは、積み上げられてきた悔恨《かいこん》と苦悩が消える。行為は、激しければ激しいほどいい。

だから横目で見据《みす》えながら、わざと煽《あお》る。

「ほかに誰がいると思う？」

黒い眸が闇を深めて、わずかに震えた。

いま自分たちは同じ男を思い浮かべているに違いなかった。

東京地検特捜部長の桐山俊伍《きりやましゅんご》。

桐山はそのカメレオンのような舌で、鹿倉の身体を舐《な》めまわしたのだ。

おぞましさを思い出した粘膜が収斂《しゅうれん》して、ゼロのペニスをきつく噛む。

「俺の下で、あの男のことを思い出すな」

吐き捨てるように言うゼロを、そそのかす。

「思い出せないようにしてみせろ」

「っ」

ゼロが背後から体重を乗せてきたかと思うと、うつ伏せになった鹿倉に覆《おお》い被《かぶ》さる。そうしてがっちりと羽交い締めをかけてわずかも逃げられないようにして、鉱物《こうぶつ》じみた硬さの幹を付け根まで一気に捻《ね》じこんだ。

衝撃に鹿倉の意識は揺らぎ、亀頭《きとう》で拡張された奥のほうが淫《みだ》らにヒクつく。

「ぁ――ん」

鹿倉のペニスはくねり、軽く果てたかのように先走りを漏らす。その波紋《はもん》が消えないうちに、無理やり犯す動きでゼロが腰を振りたてはじめた。斟酌《しんしゃく》ない力で、内壁を削《けず》らんばかりに擦る。

「っ、ぁ……ん、ン、んっ……ぅ」

ひと突きごとに半開きの唇から声を押し出され、思考力を砕《くだ》かれていく。

陰茎がふたりぶんの重みに圧迫されながらシーツに擦りつけられて、揺《す》り潰《つぶ》されているみたいに熱く痛む。

羽交い締めが解かれ、ゼロの手が胸を這《は》いまわる。凝《こご》っている乳首《ちくび》を摘まれて、こねくりまわされる。

「ひっ――ぁ、ぁふ」

よがり声をあげる口のなかに、三本の指を根元まで押しこまれる。

「その声はヤバい。通報されるぞ」

舌を指で嬲《なぶ》られて、よだれが口から溢れる。

猛然と揺さぶられて意識が千切れそうになるなか、鹿倉は指に嚙みつき、指の一本一本に舌を絡ませた。そうしながら、下敷きにされたまみずから腰を遣《つか》い、内壁を激しくうねらせて犯し返す。

「陣也《じんや》……う、っ、あ」

余裕のないゼロの声に、鼓膜《こまく》が蕩《とろ》ける。

荒い呼吸と切羽《せっぱ》詰まった腰の動きから、ゼロの絶頂をカウントダウンしていく。

届き得る限り深いところに精液をぶつけられながら、鹿倉も全身をガクガクと震わせ――意識が砕けるように消えた。


ほのかな朝の気配に目を覚ます。

二時間ほどでも失神するように眠れたせいで、頭がすっきりとしていた。

ベッドにゼロの姿はなく、シャワーの音がかすかに聞こえる。

冷静に考えれば、ゼロが現れたのはいつものようにエンウの者に鹿倉を見張らせていて、このマンションに来たことを報《しら》されたせいだったのだろう。

しかしいかにも物欲しげに全裸でベッドにいたことを思い出すと無性に気まずく、今朝《けさ》はゼロと顔を合わせたくなかった。

鹿倉はベッドから下りると床に脱ぎ散らかした衣類を素早く身につけた。シャワーは自宅に帰ってから浴びればいい。

そのまま玄関に直行して靴を履き――ふと、シューズボックスのうえに置かれているものに目が行った。

笹団子のストラップのついた鍵だ。

どうやら昨夜、無意識でそこに置いたらしい。これをゼロに見られたのだとしたら、土産《みやげ》だと渡されたものをこのマンションの鍵につけていると知られてしまったことになる。

決まり悪さを嚙み殺しながら、鍵を手に取ってジャケットのポケットに突っこむ。

「ん？」

ポケットから手を抜いて、掌《てのひら》のうえの二本の鍵を見る。

どちらにも、笹団子のストラップがついていた。

「どういうことだ……」

呟いてから、急にこめかみのあたりが熱くなった。

ゼロはわざわざ揃《そろ》いのストラップを買って、自身も鍵につけていたのだ。

大の大人の男ふたりが、なにをやっているのか。

ひとつの鍵をシューズボックスのうえに叩き置いて、鹿倉は部屋を出るとエレベーターを使わずに階段を駆け下りた。

バイクで走り出しても、まだこめかみが熱い。

新潟への「旅行」は、遠野亮二への怨讐《おんしゅう》で生きてきた鹿倉にとって、無戸籍児としてエンウのリーダーとして過酷な人生を送ってきたゼロにとって、非現実的なほど贅沢《ぜいたく》なものだった。

ゼロもまた、あの贅沢《ぜいたく》な時間をなぞりながら、マンションの鍵にストラップをつけたのか。

「仲良しかよ」

揶揄《やゆ》する声が掠れて、鹿倉は唇をきつく噛み締めた。

2

「海外の犯罪組織によるものと思われる詐欺《さぎ》案件が多発してる。うちが中心になって埃《ほこり》を叩き出していくぞ」

国際犯罪対策課課長の滝崎《たきざき》が太い声で檄《げき》を飛ばし、中堅刑事の相澤《あいざわ》が幅広い情報筋から集めた、ここのところ頻発《ひんぱつ》している投資詐欺のパターンの報告をおこなった。

鹿倉《かぐら》の横に座る早苗優《さなえすぐる》は、「師匠」の言葉に耳を傾けていちいち頷きながらメモを取っている。

「不景気だの、世界から取り残されてるだの言っても、日本の個人金融資産は二千兆円を超しています。そして老後の資金のために、うまい話があれば乗っかってしまう金融素人《しろうと》の鴨《かも》だらけなわけです。海外への金の流出を阻《はば》むのは、重要な国防の一環であると認識して取り組みましょう」

大きく頷きすぎた早苗の眼鏡が鼻先へとずり落ちる。

それを視界の端に入れながら、しかし鹿倉の気持ちはふたたび行方《ゆくえ》知れずになっている遠野《とおの》と、嵐の前の静けさのように鳴りをひそめている東界《とうかい》連合に向かっていた。

――俺は、無駄に遠回りしてるだけじゃないのか？

遠野亮二《りょうじ》を潰すためには警察という権力組織にはいるしかないと考えて突き進んできた。

しかし、実際は警察組織も上層部から腐り、東界連合絡みの案件で動こうとすれば圧力をかけられる。

この国の根幹までも侵食《しんしょく》している腐敗のかたちが、ゼロと行動をともにし、また不可侵城《ふかしんじょう》に出入りしたことによって、鮮明に見えるようになってきていた。

組織犯罪対策部に属しているからこそ得られる情報というのは確かにある。

その情報をゼロに流すことで共闘できていた。

――だがそれも、東界連合が国内を拠点《きょてん》としているうちだけじゃないのか？

李《リ》アズハルという世界を股《また》にかけるカジノ王とのパイプを太くした遠野は、東界連合を手の届かない組織へとアップデートしてしまうのではないか。

しかも、その李アズハルに日本の上層部は弱みを握られて服従しているのだ。

焦燥感《しょうそうかん》が空回る。

「うちの仕事って、これからどんどん重要になっていくんですよね。犯罪も世界で同期化が進んで、国境の意味がなくなっていって」

会議が終わると、早苗が興奮に顔を赤らめて言ってきた。

鹿倉は席を立ちながら返す。

「まぁだからこそ、『国際犯罪対策課』になって、うちも強化されたわけだ」

再編からまだ一ヶ月ほどしかたっていないため、借り着のようで身に馴染まない。

立ち上がろうとした早苗のパイプ椅子を、通りがかった刑事がわざと蹴《け》った。転びそうになる早苗の腕を鹿倉が摑んで支えると、蹴った刑事がにやつきながら言ってくる。

「ああ、悪い。ちんまりしてて見えなかった」

元組対《そたい》一課の刑事の秋本《あきもと》だ。

「目が悪すぎて、不法滞在をザル状態で見逃《みのが》しまくってきたわけだ」

一課の担当が不法滞在の外国人の取り締まりだったことに絡めて鹿倉が揶揄《やゆ》すると、秋本が四角い顔を紅潮《こうちょう》させた。

「ザルなのはこの国のシステムだろうが」

その点は鹿倉も同感だった。

外国人技能実習生を受け入れる窓口である監理団体を乱立させ、技能実習生が苦境に立たされてもまともに対応もしない。その結果、年間何千人もの実習生が行方をくらまして不法滞在者となる。

さらには日本に立ち寄ったクルーズ船の客が、そのまま行方不明になるケースも増えている。

「あんたたちみたいに、派手な犯罪ばっかり追っかけて、やった気になってきた奴《ヤツ》らにはわからないだろうがな」

吐き捨てるように言って、秋本が会議室を出て行く。

早苗が溜め息をつく。

「……同じ警察で隣の課にいたのに、簡単に足並みは揃《そろ》わないものですね」

「まぁな。滝崎さんが課長になったのも面白《おもしろ》くないんだろう」

元組対二課の課長である滝崎が、国際犯罪対策課の課長になったことで、元一課の面々は統合された側のような心境なのだろう。なにかというと元二課に突っかかってきて、マウント合戦が起こる。

この新体制がスムーズに回るようになるには、しばらくかかりそうだった。


地下鉄には乗らずに、警視庁本庁から官庁街を歩いて抜けて神谷町《かみやちょう》のマンションへと帰ることにする。まだ五月だというのに昼間は三十度超えの真夏日で刺すような日差しだったが、吹きつける夜風はひんやりとしている。

まるで自制してバランスを取ろうとしているかのようだ。

スーツの内ポケットになかば無意識に手をやっていたことに気づき、鹿倉は苦い顔で拳を握った。

そこには、あのマンションの鍵がはいっている。そして同じストラップをつけた鍵を、ゼロもまたもち歩いているのだ。

むず痒《がゆ》い心地悪さに足を速める。

電車に乗って帰ったら神谷町で降りずに中目黒《なかめぐろ》まで行ってしまいそうだから、最近はよく徒歩で帰宅している。しかしそれでも夜中に悪夢で飛び起き、発作的にあのマンションへとバイクを飛ばしてしまうことがままある。

あそこに行けば、ゼロは高確率で現れる。

そして悪夢からも、自分の無力さを思い知るばかりの現実からも逃がしてくれる。

ゼロは見え透いた煽りに乗ったふりをして、鹿倉が望むように激しいセックスをする。

「情けないだろ…」

のろのろと歩きながら自分に向けて呟く。

前に進んでいるつもりで無駄な動きを繰り返し、自分ひとりの足で立つことすらままならなくなっている。

重たい瞼を上げて、官庁街を見回す。

おそらくほとんどの省庁の上層部に不可侵城の常連がいるのだろう。この国の方向性を決めているのは、国民の総意ではない。李アズハルや遠野亮二に弱みを握られ、自制心を失った権力者たちなのだ。

国家レベルで考えれば、遠野亮二だけ潰しても意味はない。東界連合だけ潰しても意味はない。不可侵城を倒壊させたところで、また新たな城が現れるだけだろう。そして不可侵城は、日本だけでなく世界中にある。

目の前の従姉の死だけを注視していたころは明確だった敵の姿が、知覚する世界が広がっていくにしたがって、ぼやけていく。

自分は果たして、どこに向かって歩いていけばいいのか。

めまいがして頭を振る。ふと掌に痛みを覚えて、鹿倉は握っている拳を開いた。

いつ内ポケットから出したのか、ちゃちなストラップがついた鍵がそこにあった。

――……これは、依存だ。

アルコール依存症、薬物依存症、ギャンブル依存症、セックス依存症――それらを患《わずら》って自滅していく人間を、職業柄《がら》、数えきれないほど見てきた。

その悪循環《あくじゅんかん》のループに嵌《は》まる心理が、いまは自分ごととして理解されていた。

桜田《さくらだ》通りを進み、神谷町駅の近くまで来たときだった。

黒塗《くろぬ》りの車が路肩で止まり、降車したスーツ姿の運転手が鹿倉のほうへと歩いてきた。

「どうぞ、ご乗車ください」

開けられたドアのなかを覗きこむと、スリーピースを着た彫りの深い顔立ちの男がこちらを見返した。

「特捜部長が、なんの用だ？」

ぞんざいに訊くと、桐山《きりやま》がシートを示した。

「送るから乗りなさい」

マンションは、ここから徒歩十分足らずだ。それをわかったうえで言っているのだ。鹿倉が無言でいると、桐山が言葉を重ねた。

「私の親切を断れる立場かい？」

桐山は、警視庁すら把握《はあく》できていないエンウという組織の存在と、それをまとめているのがゼロだということを知っている。

エンウの者たちは無戸籍児として生き抜くために、数々の違法行為を繰り返してきた。

ゼロにいたっては、みずからのためだけでなくエンウを守るためにも数えきれないほど手を汚してきたはずだ。

だから決して、その存在を暴かれ、裁かれるようなことになってはならないのだ。

――ゼロとエンウを、俺は守る。

鹿倉がシートに乱暴に腰を下ろすと、桐山が面白がるように言った。

「弱みを増やすのが趣味らしいな。君もゼロも」

ゼロの名前を出されて、鹿倉は思わず運転席のほうに視線を走らせたが、桐山は運転席とを隔《へだ》てるモニターが嵌めこまれた壁を指さした。

「完全防音だから安心するといい」

薄い舌で舌なめずりをして付け足す。

「窓ガラスも外からは見えない仕様になっている」

桐山に舐めまわされたときの感触がなまなましく甦《よみがえ》ってきて、鹿倉は全身を掻きむしりたい衝動に駆られた。

「お前も俺に、弱みを握られているのを忘れるな」

「私の弱みとは？」

「特捜部長が、遠野亮二や李アズハルと手を組んでるのが問題ないとでも言うつもりか？」

桐山が無表情のまま返す。

「私に致命傷になる瑕疵《かし》があるとすれば、そこではない」

なにか決定的な弱点があることを匂わされて、鹿倉は思わず桐山を凝視《ぎょうし》する。

桐山の家系は代々、法曹界《ほうそうかい》の重鎮《じゅうちん》で、彼はその絶対的権力によって法の外に置かれている。

エンウメンバーのような無戸籍児が「ヒ・コクミン」であるのとはまた違う方向で、桐山俊伍《しゅんご》もまた「ヒ・コクミン」なのだ。

その男がみずから認める致命傷になり得る部位とは、なんなのか。

鹿倉の視線を払うように、桐山が手を振る。

「そんなにもの欲しげな顔をしても、君に教えるつもりはない」

「だろうな。それで、俺になんの用だ？」

振り出しに戻った質問をすると、桐山が質問を返してきた。

「君のほうこそ、私に用があるだろう？」

「――ないが？」

「城の地下三階に行きたいのかと思ったが」

言葉で答えるより先に、身体がビクッと跳ねた。

その反応に刺激を受けたように桐山が目を細める。

「……行ったところで、いまの俺にはなにもできない」

地下三階には、薬漬けの廃人となった者たちがいる。自分では、彼らのひとりも連れ出すことはできないだろう。

しかも、連れ出したところで、重度の薬物依存症になっている彼らには、新たな地獄《じごく》が待っているのだ。

……もし春佳《はるか》がいま地下三階にいたとして、彼女は従弟《いとこ》のいる日常に戻ることを選ぶだろうか？　彼女は――遠野亮二を選ぶのではないのか？

――俺は、なにに向かって、なにをしようとしているんだ。

こんな靄《もや》のなかにいるような状態では、共闘どころか、ゼロの足を引っ張るだけだ。

桐山が彫像を思わせる横顔で言う。

「地獄を覗く勇気はないか」

「お前は、地下三階に行ったことがあるのか？」

「李アズハルの許可を得て、何度か降りたことがある」

「――あそこは、どういうことになってるんだ？」

眸だけを動かして、桐山がこちらを見る。

「地獄から目をそむけたいなら、なにも知らなかったことにして、目を瞑っておくことだ。堅《かた》気《ぎ》の刑事の鹿倉陣也《じんや》として、コクミンの相手だけをしていればいい」

抑揚《よくよう》のない口調だが、それはいくつもの忠告を含んでいた。

刑事としての職域を越えて動いていることに対する忠告。

鹿倉陣也という個人のキャパシティを超えるものには手を出すなという忠告。

そして――ヒ・コクミンであるゼロにこれ以上関わるなという忠告。

「君は深入りするのには向いていない」

一拍置いて、低い声で続ける。

「なにもかもなかったことにするなら、ゼロのことで君は私に脅《おど》されることもなくなる」

かすかな違和感を覚えて、鹿倉は桐山を見詰めた。

『あの男のなかには穢《けが》れた因子《いんし》が流れている。君と光の当たるところに立つことはない。結局は暗がりへと逃げ去って、君の前から姿を消す』

警視庁ですらまったく摑めていないエンウの実態はもとより、そのリーダーであるゼロの母方の祖父が死刑囚であったことまで、桐山は把握《はあく》していた。

東界連合はわざわざスパイを送りこんでエンウのメンバーを探っていたぐらいだから、ゼロの出生にまつわるような深度のある情報を遠野が摑んでいて、桐山に流したとは考えにくい。

——桐山が独自で探ったということか……。

「お前こそ、どうしてそこまでゼロに拘《こだわ》る?」

質問に桐山は答えなかったが、しかしその眉尻《まゆじり》がわずかに動いたのを鹿倉は見逃さなかった。

桐山がゆっくりと瞬きをしてから、鹿倉から前方へと視線を転じた。

「自分が分岐点《ぶんきてん》に立っていると意識することだ」

その横顔は、無機物のように温度がない。

桐山という男は、法曹界のサラブレッドとして生を享《う》け、自身もまた有能な検察官だ。政財界の光も闇も知りつくし、遠野亮二や李アズハルとも繫がって「地獄」をも正視する。

——俺は……。

従姉の復讐《ふくしゅう》を誓《ちか》った大学生だったころに比べれば、見える世界は格段に広がった。ゼロと出会ってからさらに、世界の解像度は飛躍的《ひやくてき》に上がった。

しかしスタンドプレーを問題視されることはあっても、鹿倉陣也は所詮《しょせん》「堅気の刑事」に過ぎず、ルールのない世界に精神がついていけていない。

悪夢に囚われて、肉体まで疲弊《ひへい》している始末だ。

「ゼロに関わるのをやめるなら、私もゼロのことは見て見ぬふりをしよう」

違和感が明確になっていく。

思えば、桐山は初めて個人的に接触してきたときから、エンウと繋がっているのかと訊いてきた。

これまで鹿倉を連れ歩いてきたのは、体《てい》よく利用するためではあったのだろうが、それ以上にゼロとの関係を探るためではなかったのか……？

「そういう方向にもっていきたくて、俺にわざと深入りさせたのか？」

桐山はまた質問を流した。

彼特有の奇妙な潔癖《けっぺき》さで、嘘を口にすることを回避する。

「ゼロを守るために耐える君は、たまらなかった」

身体中を舐めまわされたときの屈辱感《くつじょくかん》が甦ってきて、鹿倉は思わずスーツのうえから自分の腿《もも》をガリッと掻いた。

「話を逸らすな」

「逸らしてはいない。むしろ核心だ」

「回りくどい言い方はやめろ」

桐山の手が伸びてきて、腿を掻きむしる手指を掴む。

そうして上体を傾けて、間近から鹿倉の顔を覗きこんだ。

「あんな自己犠牲でしか好きな男を守れないコクミンに、こちらの世界に首を突っこむ資格はない」

「――」

「自分のぬるさに、一番うんざりしているのは君自身だろう」

確かに、桐山は核心を突いていた。

自分を取り巻く靄は、自分自身が生み出しているものなのだろう。腹をくくったつもりでも、いざとなると判断が甘くなり、冷徹《れいてつ》になることもできない。

「……っ」

顔を歪める鹿倉を見詰める黒々とした眸に、憐憫《れんびん》めいたものが浮かんで消えた。

「身を引くことでしか守れないこともある」

ゼロはエンウという巨大な傘《かさ》を支えている。

その傘を支える力に少しでもなれればと、いつしか願うようになっていた。

しかし自分の甘さのせいで、むしろゼロとエンウを危険に晒《さら》しているのが現実だ。

「俺は――」

呻くように呟いたときだった。

急ブレーキがかけられ、身体が前に大きく傾いた。

桐山が運転席とスピーカーを繋げて「どうした？」と尋ねる。

『前に急に車が割りこんできました。……後ろの車も動きがおかしいようです』

桐山が壁のモニターをつけて、ルームミラーモニターのものらしい背後の映像を映《うつ》し出《だ》す。

「挟《はさ》み撃ちにしてきたようだな」

『警察に通報します』

「その必要はない。路肩で止まれ」

指示どおりに車が徐行して止まると、背後のワゴン車もぶつからんばかりに近づいて停車した。

そのワゴン車から降りた人影を目にした鹿倉は、思わずシートから腰を浮かせかけた。

すぐに鹿倉側のウインドウが強く叩かれ、桐山が腕を伸ばしてスイッチを押し、窓ガラスを下げた。

ゼロの険《けわ》しい顔が現れる。

桐山がかすかに身を震わせたのを、触れている肩から鹿倉は感じ取る。

一瞬にして息が詰まるほどの凄まじい圧が両者から放たれ、場の空気を際限なく圧縮していく。

「そいつを返してもらう」

濁《にご》った声でゼロが告げると、桐山がねっとりとした手つきで鹿倉の肩を撫でた。

「まるで自分のもののような口ぶりだな」

ゼロが鼻の頭に皺を寄せて、すうっと目を眇《すが》める。獲物に飛びかかる寸前の獣《けもの》そのものだ。

「お前が何者でも関係ない。よけいなことをするなら、俺は手段を選ばない」

桐山もまた彼らしくなく強い闘争心を滲《にじ》ませて、声を低めた。

「その言葉をそのまま返そう」

彼らはふたりとも、コクミンの枠《わく》のなかにいない。

どちらもその気になれば、相手をこの世から消し去ることを容赦《ようしゃ》なく選択できるのだ。鹿倉は肌がビリビリするのを覚えながら、そう確信する。

「陣也」

ゼロに呼びかけられ、鹿倉は我に返って後部座席のドアを開けた。車から降りようとすると腕を摑まれて、桐山に耳許で囁かれた。

「私の言ったことを、よく考えることだ」

桐山の手を振り払って降車し、ドアをバンッと閉める。

夜遅いとはいえ人通りのあるところでゼロの車に乗るわけにはいかないため、会話もせずにその場を離れた。しばらくすると、スマホにメッセージが届いた。

『桜』

そのひと文字だけだ。

くだんのマンションに直行しろというゼロからの指示だった。

最寄りの駅から地下鉄に乗って中目黒に向かう。マンションに着くと、すでにゼロがいた。

ソファに深く腰掛けるゼロの顔には、いまだに獣じみた苛つきがこびりついている。

「あいつとなにをしてた？　なにを話した？」

隣に座る気持ちになれず、鹿倉はソファの近くに立ったまま答える。

「忠告をされただけだ」

「どんな忠告だ？」

「……いまの俺では、お前たちの世界に踏みこむ資格がない、という話だ」

拳を握り、呟く。

「俺はぬるい。手段を選ばない決断ができない」

ゼロの頬がわずかに緩んだ。

「ああ、ぬるいな。俺に煉条《れんじょう》を殺させなかった」

あの同じ場面をもう一度繰り返したとして、やはり自分はゼロに煉条を殺させられないだろう。どうしても踏み越えられない一線がある。

「変わらないと、共闘できない」

ゼロが闇を凝らせたような目で、じっと見上げてきた。

そして視線を宙に流すと、関係ないことを口にした。

「俺は存在しないはずの子供だった。だから、母親から人目につかないように隠れていろと言われてた」

無戸籍児であるため、周囲に存在を知られてはならなかったのだろう。

「でも、夜中にはよく外に出た。力いっぱい走って、人がいたら隠れて、闇のなかでなら俺は存在できた。生きられると思えた」

夜道を思いっきり走る子供のゼロの姿が、ありありと脳裏に浮かび上がってくる。

「俺に光は必要ない。そう考えたら、楽になれた」

「光……」

以前、ゼロから言われた言葉が甦る。

『闇しかない場所に光の点が生まれれば、俺はそれに囚《とら》われつづけることになる』

ゼロはその「光の点」は鹿倉なのだと伝えてきた。

ソファから立ち上がったゼロが、すぐ目の前に立つ。

側頭部を掌で包まれる。

「俺は、陣也にこっち側に来てほしいとは思わない。……もしかすると、染まったほうが陣也は楽になれるのかもしれねぇけどな」

唇を重く押し潰されるのを感じながら、鹿倉は桐山の言葉を耳の奥で聞いていた。

『自分が分岐点に立っていると意識することだ』

地獄から目をそむけるか、直視するか。

『リョーシン？　それがなんの役にたつの？』

煉条の言葉は刃物だった。

『リョーシンが煉条を守ってくれるの？』

美しくて凶暴な男の哄笑《こうしょう》が頭のなかで反響する。あれは地獄を知っている者の雄叫《おたけ》びだ。

その哄笑に、桐山の言葉が重なる。

『身を引くことでしか守れないこともある』

良心を振りかざして突っ走り、自滅するだけならば、まだいい。

しかしそれによってゼロやエンウを危険に晒してはならない。

「っ」

下唇に痛みを覚えて、瞬きをする。

顔を離したゼロが鹿倉の腕を摑み、ベッドルームへと歩きだす。

「なにも考えられないようにしてやる」

セックスに溺れれば、悔恨《かいこん》や罪悪感、自分の無力さから目をそむけられる。

そうやって自分を靄のなかに閉じこめて、逃げてきたのだ。

手を振りほどかれたゼロが、怪訝《けげん》な顔で振り返る。

「どうした？」

鹿倉は改めて、ゼロという男を見詰めた。

この男は地獄を直視したうえで、良心というものを保っている。

そして必要とあらば、良心を切り捨てる覚悟もある。

そうでなければ、無戸籍児たちを救い、束《たば》ねることなどできなかっただろう。

――俺の良心は、薄っぺらい。

春佳を救いたかったという妄執《もうしゅう》に衝き動かされ、自分の気持ちのために行動してきたに過ぎないのだ。

靄がわずかに晴れて、情けない自分の輪郭が透けて見えていた。

「お前とは、やらない」

「……どういう意味だ？」

剣呑《けんのん》とした圧がゼロから放たれる。

「言ったままだ」

「誰かいるのか？」

「そういう話じゃない」

肩を摑まれる。

「俺以外とならやるのか？」

「――」

ゼロ以外とのセックスならば、逃避になるほど溺れることはないだろう。

「お前以外となら、してもしなくても同じだ」

「意味がわからねぇ」

スーツ越しにも猛禽類《もうきんるい》の鉤爪《かぎづめ》のように指がめりこんできて、骨がミシリと音をたてる。

こうしてゼロから強い感情を向けられるだけで、都合よく心に靄がかかっていく。

「俺は、お前に依存しすぎてる。それを断ち切らないと、闘うこともできなくなる」

ゼロの眸が、ぎらりと底光りした。

それに本能の部分が刺激されて鳥肌がたつ。

「俺が邪魔ってことか」

首を絞められているかのような息苦しさに襲われる。

「なぁ、陣也」

甘みを帯びた声に問われる。

「忘れたのか？　もう手遅れだ」

その気になれば、ゼロは手段を選ばない。

コクミンの鹿倉陣也ごとき、どうとでもできる力も覚悟も備えているのだ。

「……これまでどおり、遠野と東界連合を潰すために必要な情報は共有する」

眸に力を籠めて、ゼロを見据える。

「お前もなにが最重要なのかを忘れるな」

まるで殴られたかのように、ゼロが顔を歪めた。

3

小会議室にはいると、滝崎《たきざき》課長が長方形に並べられたテーブルの最奥《さいおう》の席に着いた。

「話って、なんでしょうね？　なんかミスしましたっけ？」

早苗《さなえ》が落ち着かない様子で鹿倉《かぐら》のあとをついてきながら小声で訊いてくる。

「さぁな」と返しながらも、滝崎の険しい表情からしてちょっとした小言ではないようだと鹿倉は推察する。

滝崎に示されて、テーブルの角を挟んですぐの椅子にふたり並んで腰を下ろす。どうやら内密な話らしい。

眉間の皺を深くしながら、滝崎が口を開く。

「お前たちに、マカオ行きの話がある」

早苗がテーブルに身を乗り出す。

「マカオって、あのマカオですか？　カジノ王国の」

「ああ、中華人民共和国マカオ特別行政区だ」

ただの海外での捜査の話なら、こんなふうに深刻な空気になる必要はないはずだ。訝《いぶか》しく思いながら鹿倉は尋ねる。

「最近、マカオ絡みの詐欺が多発してるから、それですか？」

カジノばかりが取り沙汰されがちだが、マカオのそれは複合型リゾート《IR》として成立している。ホテルやショッピングモール、劇場まで備えていて、家族連れが楽しめるようにテーマパークもある。

そのため新たな複合型リゾートの立ち上げも盛んで、それに乗じて、架空のプロジェクトで日本人を鴨にする投資詐欺が多発しているのだ。

近年、日本でも複合型リゾートの立ち上げ計画が活性化し、以前に比べてカジノに対する国民の警戒心が薄らいできているのも拍車をかけているのだろう。その詐欺に引っかかって何千万円も失うケースがあとを絶たない。

「それもある」

「ほかになにがあるんですか？」

滝崎が目を眇める。

「マカオのカジノ街、コタイ地区で日本人が売られているという情報が、上層部《うえ》のほうから流れてきた」

「先日、マカオで身元不明の日本人らしき遺体が出た案件と繋がってるんですか？」

「その可能性は高い。ただ詐欺にしろ人身売買にしろ、まったく実態が摑めない状態で大々的に乗りこむわけにはいかない」

早苗ができるだけ低めた小声で言う。

「それで、内密に現地捜査をするんですね」

「ああ、そうだ」と返しながらも、滝崎の顔つきは相変わらず険しいままだ。なにかまだ口にしていないことがあるに違いない。

「俺と早苗が選ばれたのは、滝崎さんの判断ですか？」

水を向けてみると、滝崎の頰が強張《こわば》った。

「いや、違う」

「うえからの指名ですか？」

滝崎が上体を鹿倉のほうに寄せて声を抑えた。

「情報と一緒に、初めからお前を指名してきた」

「俺だけを、ですか？」

「ああ。胡散《うさん》くさいだろう」

――俺を、マカオに行かせたい奴がいるわけか。

警視庁の上層部というより、上層部の弱みを握っている者だろう。

考えるまでもなく、答えが弾《はじ》き出《だ》される。

不可侵城《ふかしんじょう》の常連である警察幹部の弱みを、オーナーの李《リ》アズハルは握っている。

そして、鹿倉がエンウと手を組み、遠野亮二《とおのりょうじ》を追って不可侵城のセキュリティを破ったことは、李アズハルの耳に当然届いているはずだ。見せしめにネズミに制裁を加えることにしたのではないか。

しかしネズミ一匹とはいえ、刑事を日本国内で処分すればさすがに後始末が厄介《やっかい》だ。

その点、マカオには李アズハルが経営する複合型リゾートがいくつもあり、彼の庭も同然だ。どんなことでも簡単に揉《も》み消《け》せるだろう。

「うえに従わないって手はある」

滝崎の言葉に、鹿倉は頭を横に振る。

「俺が行かなかったら、うえは国際犯罪対策課の課長を元一課長にすげ替えるんじゃないですか？」

これまでも上層部は、東界《とうかい》連合絡みの案件の捜査に圧力をかけてきたりと、頻繁《ひんぱん》に介入してきた。実際、滝崎を国際犯罪対策課課長に据《す》えることに強く異議を唱《とな》えた幹部もいたと聞いている。

「そこはなんとも言えん」

滝崎は言葉を濁したが、そうなる可能性はかなり高い。

元組対《そたい》一課長は日和見《ひよりみ》主義で、上層部に従順だ。

そんな人間に取り仕切られるようになったら、国際犯罪対策課は骨抜きにされてしまう。それだけは絶対に避けなければならない。

「俺はマカオに飛びます」

緊張した顔で頷く早苗を、鹿倉は目の端で見る。

「ただ相方は変えたほうがいいでしょう」

「えっ、どうしてですか⁉」

早苗が立ち上がらんばかりに椅子をガタつかせる。

「お前じゃカジノに出入りするのにも、いちいち年齢制限で悪目立ちする」

「でも、語学なら鹿倉さん以上ですよ。絶対に役に立ちますから」

こんな手のこんだ方法でマカオに呼び出すような相手から、自分と早苗を守りながら捜査をするのは困難だ。

「お前は確かに役に立つが、さすがに今回は――」

思案する顔で滝崎が言葉を被《かぶ》せてきた。

「いや、むしろ早苗でいいだろう」

「っ、なんでですか？」

「通常運転に見せかけるには、早苗といるほうがいい。相澤《あいざわ》と染井《そめい》も向こうに行かせる」

警視庁上層部の顔を立てつつ、別働隊に実質の捜査をさせるわけだ。

要するに今回の鹿倉と早苗のメインミッションは、自分たちの身の安全を確保する、ということになる。

少し前の自分なら、そんな役割はご免だと反発していただろう。しかし、ゼロやエンウメンバーと関わったことで、多少は大枠《おおわく》でものごとを捉《とら》えられるようになっていた。

――それで捜査が進むなら、かまわない。

早苗ならば互いの行動パターンを把握《はあく》していてツーカーで通じる部分もあるため、組み慣れていない相手よりは防戦に適しているとも考えられる。

「……わかりました」

鹿倉の言葉に、早苗が浮かせかけていた腰を椅子に戻す。そして、自慢げに言った。

「最近、師匠――相澤さんに射撃や柔道を習ってるんですよ。こう見えて、武闘派なんです」

それに関しては、鹿倉も滝崎もなにもコメントをしなかった。

鹿倉・早苗チームはマカオ国際空港からじかにマカオ入りし、相澤・染井チームはあくまで香港《ホンコン》行きという名目で出発し、香港経由でマカオにはいることとなった。

羽田《はねだ》空港からマカオ国際空港までの五時間ほどのフライトのあいだ、早苗は熱心にタブレットを見ていた。相澤が彼の情報網から集めたマカオの最新情報をまとめたものだ。それは鹿倉も共有してすでに目を通して頭に入れてあった。

警察臭を消すために服装はノータイのビジネスカジュアルにしたが、早苗は一段と学生味が増している。

鹿倉は仮眠を取り――このところ、一時期のような悪夢を見なくなっていた。夢のなかでこれは夢だと自覚して、エレベーターに乗らずにその場でうずくまり、ただ時間が過ぎて目覚めるのを待つ――、目が覚めたとき、ジャケットの内ポケットに指先を入れていることに気づいて、慌てて手を引っこめた。

中目黒《なかめぐろ》のマンションの鍵をいつもそこに入れていたから、無意識のうちに探っていたのだ。

ゼロに一方的に性的関係を断つことを告げてからというもの、家で眠るときはかならず、あのストラップを握っていた。

肉体的に遠ざかることはできても、精神はむしろいっそう、ゼロとの繋がりを手繰り寄せようと足掻《あが》いていた。

苦い溜め息をつきながら目を開けて隣のシートを見ると、早苗が慌てて口元を手の甲で拭《ぬぐ》った。

彼が手にしているタブレットには鍋《なべ》に大量の魚介類が盛られた画像が映し出されている。

「よだれ垂《た》らしてたのか」

呆《あき》れて言うと、早苗が言い訳を捲《まく》したてた。

「マカオはポルトガルの植民地だったから、ポルトガルの文化が色濃く残ってるんですよ。料理とか、建築物とか。やっぱり現地のことは把握しておかないとと思って……」

早苗には今回のマカオ行きは危険をともなうものだと釘《くぎ》を刺しまくっておいたのだが、あまり響いている様子はない。

タブレットを鹿倉に見せながら言ってくる。

「このレストランなんてどうですか？　カジノが二十四時間営業だから、ここも二十四時間営業なんですよ」

マカオ国際空港に降り立ったのは二十時過ぎだった。

入国手続きを終えて到着ロビーに出ると、すぐにひとりのラフなスーツ姿の男が日本語で声をかけてきた。

「エリオです。鹿倉さんと早苗さんですね」

目鼻立ちのくっきりした顔立ちをしていて、目と髪は鳶色《とびいろ》だ。名前からしてポルトガルの血がはいっているのだろう。

エリオは染井刑事から紹介された、ジャンケットをしている二十代なかばの男だ。

ジャンケットはカジノを訪れるVIP客の世話をする者で、ホテルの手配やリムジンでの送迎、プライベートジェットの手配までおこなう。謂《い》わば、マカオ滞在中の専用執事といったところだ。ジャンケットたちが所属する企業は、マカオに数百社あるとも言われている。

染井は帰国子女で、海を越えて顔が広い。早苗と同様、その語学力を買われて、外国人組織犯罪を扱う組対二課に引き抜かれたパターンだった。

挨拶《あいさつ》を終えるなり、早苗がタブレットで見ていたレストランに行きたいとねだると、エリオはすぐに店に連絡を入れて席を確保してくれた。

窓際の席で、目が痛くなるほどのネオンカラーに満ち満ちた夜景を眺めながらポルトガル料理を三人で囲んだ。

画像どおりの、魚介類たっぷりのカタプラーナを堪能《たんのう》しながら、早苗が尋ねる。

「エリオさんはマカエンセなんですか?」

四世紀におよぶ植民地時代に、ポルトガル人と中国人の血が混ざったマカオ民のことをマカエンセという。

「はい、そうです。祖母は日本人でしたから、日本と中国とポルトガル、三国の血が混ざっています」

「え、そうなんですか。日本語がすごく上手《うま》いのは、それも関係してるんですか?」

「祖母から習いました。それとハーバード大学で、染井さんの弟さんと親しくなったのも日本語の練習になりました」

「ああ、染井さんとはそういう繋がりだったんですね」

早苗が手を打ち、興味津々《しんしん》で尋ねる。

「中国語、日本語、英語に、ポルトガル語もできるってことですか？」

「はい。韓国語、フランス語、イタリア語、ロシア語も仕事で困らない程度には使えます。アラビア語は勉強中です」

「すごいですね！　僕はロシア語でうまくできない発声がいくつかあって……」

鹿倉はマデイラワインを飲みながら、語学話に花を咲かせるふたりの会話を聞き流していた。

どこに目と耳があるか知れない店のなかではちょうどいい無難な話題だ。

本格的な情報収集は、食後にホテルの部屋に三人で移動してからとなった。

ソファにエリオと早苗を座らせ、鹿倉は椅子に腰かけて、本題にはいる。

染井から捜査の方向性は聞いていたようで、エリオも調べを進めておいてくれたらしい。

「残念なことですが、人身売買は横行しています。中国国内で誘拐《ゆうかい》された子供はよく取り引き対象になっているようです。ただ日本人はレアだと思います。少なくとも、私が知らない完全なアンダーグラウンドでの取り引きになっているのでしょう。ご存じのとおり、マカオにはいくつもの黒社会が参入しています」

中国黒社会とは、日本で言うところの暴力団——反社会的犯罪組織のことだ。

「いま勢いのある組織はどこなんだ？」

尋ねると、エリオはいくつかの組織の名前を挙げて肩を竦《すく》めた。

「中国に二億人はいると言われている黒孩子《ヘイハイズ》たちの多くが、黒社会に取りこまれています」

早苗が目を白黒させる。

「二億って日本の人口より多いじゃないですか」

——黒孩子、か。

戸籍をもたない、国から存在を認められていない者たち。

ゼロの顔が脳裏に浮かぶ。

日本の無戸籍児たちが無軌道《むきどう》な反社会的組織に取りこまれたり、その犠牲になったりしないように、ゼロは闘ってきたのだ。

そして、その反社会的組織の最たるものが、遠野亮二率いる東界連合だった。

「でもやはり最強は、李アズハルです」

エリオの言葉に、鹿倉は思わず指先をピクッとさせた。

「李アズハルはマカオでも幅を利《き》かせてるらしいな」

「幅を利かせているというより、君主に近いです。多くのカジノを買収して、いまや李アズハルがマカオの経済圏《けん》をなかば支配しています」

マカオにおけるカジノの収益は、あのラスベガスの七倍近くに及ぶとされている。全世界から客が集まるのもさることながら、中国の富裕層が気軽に通って金を落としまくるからだ。中国の富裕層の数が、アメリカのそれを超えたという話もある。

法外な富が、李アズハルに吸いこまれているというわけだ。

そして、その李アズハルは遠野亮二と繋がっている。

東界連合が国際的な犯罪組織になっていくことを考えるだけで焦燥感が押し寄せてきて、いてもたってもいれらない心地になる。

ひととおり話を聞いたのち、エリオの案内で複合型リゾートを軽く見てまわった。

夜中でも街には警察官の姿があり、カジノ王国というイメージに反して治安はかなりいい。国策として後押しされているだけのことはある。

しかしそれでも、この地で中国黒社会や、李アズハルのような得体の知れない外資勢力が暗《あん》躍《やく》しているのは紛れもない事実なのだ。

日本の政財界の上層部が李アズハルに従わざるを得ないように、中国の上層部のなかにも首根っこを摑まれている者が多くいるに違いなかった。

「あれは『不可侵城』です」

コタイ地区の中心地にそそり立つ、オベリスクを思わせる黒い巨大な建物を指さしてエリオが言った。

「不可侵城は世界中にある、李アズハル経営のＶＩＰ施設だそうですね。日本にも六本木《ろっぽんぎ》にありますす」


早苗の言葉に、鹿倉は目をしばたたく。

「お前、不可侵城のことを知ってたのか」

「マカオに来る前に、師匠からレクチャーされたんです。知っておいたほうがいいって」

エリオが肩を竦める。

「私たちでは一生、不可侵城にはいることなどないでしょうね。ここの不可侵城は、世界の大富豪や王侯貴族でないと招待カードを入手できないのです」

日本の不可侵城では、城の番人と繋がるルートを確保してお眼鏡に適《かな》ったうえで、最低ランクの招待カードで二千万円、最高ランクの招待カードは三十億円で購入できる。あるいは、特別な地位にある者――法曹界のサラブレッドである桐山《きりやま》のような――は、譲渡《じょうと》で招待カードを手に入れることもある。

世界の社交場であるマカオの城の招待カードは、おそらく購入するにも桁《けた》がひとつ違い、選抜も格段に厳しいのだろう。

改めて李アズハルの覇王《はおう》ぶりを突きつけられつつ、ホテルに戻ったときには午前三時を大きく回っていた。鹿倉を守らなければならないと気を張り詰めていたせいだろう。早苗はくたくたに疲れ果てていて、ベッドに倒れこむなりイビキをかきはじめた。

鹿倉はシャワーを浴びてから、窓辺のソファに座ってコタイ地区の景色を眺めた。不可侵城のオベリスクの尖塔はここからも見えた。

街のうえに夜明けの光がほのかに広がりはじめ、極彩色のネオンが勢いを失っていく。しかし、ネオンが輝いていようがいまいが、二十四時間営業のカジノのなかで日にちの感覚も失って賭け事に狂う者たちには関係ない。

刻々と色褪《あ》せていくこの街のどこかに、自分を処分することを命じられた者が潜《ひそ》んでいるのだろうか。

たとえホテルの部屋から一歩も出ないようにしたところで、襲撃は可能だ。

李アズハルは各国のエリート軍人を集めた私設軍隊を有していて、それを世界の激戦区に派《は》遣《けん》する戦争屋の顔ももっているのだ。

むしろ出歩いて人目があるところにいたほうが安全なぐらいだろう。

ソファに腰掛けたまま、いつの間にか眠っていたらしい。

気がつくと、エレベーターの前でうずくまっていた。いつもの悪夢のなかだ。

エレベーターに乗らなければ、箱のなかで兎の仮面の少女に会うこともなく、奈落《ならく》へと落下していくこともない。そんな保身に走っている自分を蹴り飛ばしてエレベーターに乗せたがっているもうひとりの自分がいる。

いつしか靄があたりに立ちこめていた。

自分が発している靄だ。

『俺は、お前に依存しすぎてる。それを断ち切らないと、闘うこともできなくなる』

そう言ってゼロを退けたが、結局のところ自分は闘うことを避けているだけなのではないか。

兎の仮面の少女がどうなったのかを、見届ける勇気がない。

ただうずくまって、眠りが終わるのをじっと待つ。


「鹿倉さん、鹿倉さん」

早苗に肩を揺さぶられて、重い瞼を上げる。

「ん――」

すっかり部屋は明るく、光が目に沁みた。

「なんでベッドで寝なかったんですか？」

「……ああ、いつの間にか寝てた」

「そろそろ支度《したく》してください。今日は、エリオさんが歴史地区を案内してくれるそうです」

歴史地区は世界遺産に指定されている、ポルトガル領だったころの古跡が密集しているエリアだ。

「……観光に来たのか、お前は」

「でも、僕たちは陽動部隊なわけで、観光客が多いところのほうが安全じゃないですか」

軽い調子で言う早苗の目はしかし、緊張感を帯びている。

彼なりに鹿倉の身の安全を考えて、できるだけカジノリゾートの中心地であるコタイ地区から離れておきたいのだろう。

——……それで、いいか。

自分たちがふらふら出歩いていれば、すでにマカオ入りしたはずの相澤と染井はコタイ地区で動きやすくなるだろう。あるいは、早苗は出発前に、相澤と行動方針の擦《す》り合《あ》わせをしていたのかもしれない。

夢の続きにいるかのように、頭に靄がかかっていた。

早苗に促《うなが》されるまま支度をして、朝食のビュッフェで食欲のない胃に適当に固形物と液体を入れてから、エリオの運転する車に乗った。

タイパ島コタイ地区からマカオ半島にある歴史地区に行くには、海のうえの橋を渡ることになる。

「気持ちいいですね」

早苗がはしゃいだ声で言うものの、海上に広がる空は大気汚染のためか、濁った水色にぼんやりと霞《かす》んでいた。

鹿倉は無為なことに時間を潰している感覚しかなかったが、早苗はエリオのガイドに食い気味で質問をして、遅い昼食ではマカエンセ料理に舌鼓《したつづみ》を打った。

「やっぱり、日本人と中国人って根っこがかなり違うんですね」

ココナッツミルク煮込みの鶏《とり》料理を食べながら、早苗が語りだす。

「日本の和洋折衷《せっちゅう》って融合《ゆうごう》ですけど、ここではポルトガルと中国が別々のまま存在してきたような感じがしました。世界遺産に指定されてるのも、そのまんまポルトガルかそのまんま中国、で。マカエンセ料理だって中華との融合というより、いろんな国のスパイスが混ざったポルトガル料理って感じです」

耳を傾けていたエリオが少し驚いたような表情を浮かべた。

「早苗さんの観察力は凄いですね」

褒《ほ》められて、早苗が小鼻を膨らませる。

「お前は賢いカワウソだな」と鹿倉が言うと、エリオが「カワウソ！　似ていますね！」と手を叩いた。

ひとしきり笑ったあとにエリオが、ふと真顔になって言った。

「私たちマカエンセも、融合することなく存在してきたんです。実際、マカエンセは『マカオのポルトガル人』だと自分たちのことを強く認識してきました。かつてはポルトガルの血統であるということで特権階級にありましたが、いまは一国二制度とはいえ、完全に親中派が支配しています。ポルトガルは観光コンテンツとして残っているだけで、マカエンセも多くがマカオを去りました……」

「エリオさんも、離れることを考えているんですか？」

早苗に問われて、エリオは鳶色の目を少し寂しそうに細めた。

「はい。近年はジャンケット事業にも中国政府からの圧力がかかっているので、海外移住を真剣に考えています。その時になったら、『マカオのポルトガル人』ではなく、『マカオ人』として故郷を思うのかもしれません」

みずからに言い聞かせるようにエリオは続けた。

「変化は起こっていくものです。私も怯《ひる》まずに、変化していかなくてはなりません」


夕方、ふたたび橋を渡ってコタイ地区に戻り、最大級の複合型リゾートに立ち寄った。

広大な敷地内には一流ホテルがいくつも建ち並び、カジノのほかに映画館や国際会議場、コンサートホールにアミューズメントパークまではいっている。親子連れの姿も多く見られた。

コタイ地区には、規模の大小はあれ、このような複合型リゾートが乱立してしのぎを削っている。

日が落ちて、ネオンカラーに満ち満ちた景色を見回しながら早苗が溜め息をついた。

「話には聞いてましたけど、実際に目にすると凄いですね。……日本にいまさらＩＲを作っても、これに太刀打《たちう》ちできるとは思えません」

「日本はいろいろと規制が厳しいから、中途半端なものになるのが目に見えてるな。やるなら国策で、外資も呼びこんでここまでしないと集客も難しいだろう」

ふたりの会話を受けて、エリオが甘いマスクに爽《さわ》やかな笑みを浮かべる。

「カジノ事業が大成功したお陰で、マカオでは十八歳までの教育費が無料で、高齢者や子供や妊婦、癌《がん》患者などはただで医療を受けられます。市民への現金給付という還元もあります」

感心した顔で早苗が言う。

「そういえば日本でも、競艇場《きょうていじょう》とか競馬場がある地区は税金が安いんですよ。マカオはその大規模版なわけですね」

次の複合型リゾートに足を運ぼうと、エリオの車の後部座席に乗りこもうとした鹿倉は、なにか強い力に引かれるままに視線を動かした。

長い車体の黒いリムジンが、やけにゆっくりと通り過ぎていく。

その開けられた窓から車内が見えた。

四白眼と目が合う。

「――っ」

遠野亮二だった。

その隣に座る、美女の貌《かお》をもつ男は煉条《れんじょう》だ。

『お前が俺に夢中すぎて、そろそろ可愛くなってきた』

遠野のやけに親しげな声音が耳の奥で甦る。

無意識のうちに、鹿倉の脚はリムジンを追いかけていた。

「鹿倉さん！　待ってください！」

背後で早苗の声がする。

リムジンはどんどん加速していき、角を曲がって見えなくなった。息を切らした早苗に腕を摑まれる。

「急にどうしたんですかっ」

「……あいつだったのか」

「え？」

「俺をマカオに呼びつけたのは——たぶん遠野だ」

このタイミングでここに遠野亮二がいるのが、偶然なわけがない。

少なくとも李アズハルの一存ではなく、遠野が嚙んでいると見て間違いないだろう。

「遠野って、東界連合の遠野ですか？　さっきの車に乗ってたんですか？」

早苗が呆然《ぼうぜん》として呟く。

「日本に密入国して、今度は出国してたとか、やりたい放題じゃないですか」

指名手配がかかっている身で、日本警察の捜査網などものともせずに飛び回っているのだ。

鹿倉は掌に爪を深々と食いこませて拳を握る。

頭のどこかで想定していながら目をそむけていた事実を突きつけられていた。

——ここで売られている日本人は、東界連合に連れ去られた者たちだ。

『お前はこれから海外に売り飛ばされて、バラバラに刻まれて嬲り殺しにされる』

兎の仮面の少女に、遠野亮二がそう言っていたのだ。

不可侵城でギャンブルや薬物によって多額の借金を背負わされた者は、戸籍を奪われ、海外に売り飛ばされる。

心臓がドカドカと暴れ、遠野亮二を追いかけたがって身体が震える。

——追いかけて、どうする気だ？

遠野ひとりならまだしも、地下闘技場のチャンピオンである煉条を連れているのだ。

煉条は遠野に救い出された過去をもつ、遠野の狂信者だ。遠野の左首には蜥蜴《とかげ》のタトゥーがあるが、煉条も揃いのタトゥーを入れていて、それを宝物にしている。

遠野がどれだけ残忍な男だろうが、煉条に性的接待をさせて都合よく使っているだけだろうが、その想いが揺らぐことはない。

煉条はどうやってでも遠野を護《まも》りきる。

——俺は……。

「うう、ぅ」

呻き声が喉から漏れる。爪で傷ついた掌がぬるつく。視界が激しくぐらつく。

「エリオさん、鹿倉さんをホテルに連れて帰ります！　手伝ってくださいっ」

早苗の声が耳鳴りの向こうに聞こえていた。


あたりに靄が立ちこめている。

その靄のなかに、鹿倉はうずくまっていた。

いつもの夢のなかにいるのだ。

――エレベーターに乗れば、遠野のところまで行ける……。

それなのに、自分は落下を恐れて、動けずにいる。ただ時間が過ぎるのを待っている。

拳を握っている両手の掌がぬるぬるして、血の匂いがする。

――俺は覚悟のなさを、ゼロに依存することで、誤魔化してた。

身体が震えているのは、自分への憤りのせいだ。

『あんな自己犠牲でしか好きな男を守れないコクミンに、こちらの世界に首を突っこむ資格はない』

桐山《きりやま》の言っていたことには真実があった。

ゼロは、自分にとって特別な男だ。

ゼロとゼロが命がけで守ってきたものを、一緒に守りたい。そう渇望《かつぼう》するのに、桐山の脅しに屈するような悪循環《あくじゅんかん》に陥《おちい》る防御しかできずにいる。

『地獄を覗く勇気はないか』

桐山は地獄を覗いたという。ゼロもエンウメンバーも、煉条も、地獄を知っている。遠野にいたっては、地獄に棲《す》んで領土を果てしなく拡大しようとしている。

「そんなこと、させるか」

鹿倉は拳を床に打ちつけると、ふらつきながらも立ち上がった。

靄をかき分けてエレベーターに乗りこむ。

――俺も地獄に向き合わないと、先に進めない。

落下しきった先に地獄があるというのならば、そこに辿《たど》り着《つ》かなければならない。

そこで、誰も救えない自分と向き合うことになるのかもしれない。

そしてそのことこそが、自分がもっとも恐れて逃げ回ってきたことなのだ……。


呼吸するのを忘れていたかのように激しく息を吸って、鹿倉は目を開けた。

「ふ…は」

懸命に呼吸をしていると、ベッド横に置いた椅子に座っていた早苗が腰を浮かせて覗きこんできた。

「鹿倉さん、大丈夫ですかっ」

「ん、ああ――大丈夫だ」

手にしたタオルで顔を拭《ふ》いてくれながら、早苗が心配そうに言う。

「熱はないみたいですけど、ずっと魘《うな》されてて、それにすごい汗で……」

頭から水でも被ったかのように、全身ぐしょ濡れになっていた。

いつもの悪夢を見たのだが、エレベーターに乗ったところから先が思い出せなかった。

ただ、頭にかかっていた靄が消えているのは感じられた。

早苗が深刻な顔つきで提案する。

「やっぱり滝崎課長に、警護要員の追加をお願いしましょう。東界連合の遠野は、鹿倉さんの天敵じゃないですか。危険すぎます。鹿倉さんの安全確保と、遠野亮二を確保するのと、かなりの人手が必要です」

マカオ行きの話が出てから何度も、滝崎は鹿倉の身の安全を考えて同行刑事を加勢することを打診してきた。

しかし日本警察がぞろぞろとマカオ入りすれば中国政府を刺激することになり、確実に相澤・染井チームの捜査の妨《さまた》げになる。

「追加が不要な理由は、お前にも何度も説明したはずだ」

上体を起こしながら返すと、早苗が口元をモゴモゴとさせた。

「なんだ？」

「でも鹿倉さん、この何ヶ月か体調悪いですよね？　顔色もよくないし、ぼんやりしてることもあって」

「……」

下手《へた》に誤魔化そうとすれば、よけいに心配して勝手に援軍を呼びかねない。

「ああ。調子が悪かったのは認める」

濡れた髪を掻き上げながら早苗を見詰め――鹿倉は目を眇めた。

いつも気楽な小動物然としている同僚が、全身から張り詰めた空気を放っていた。

早苗はこれまでプライベートな時間も費やして、鹿倉が東界連合を追うことに協力してくれてきた。しかも彼のほうから事情を詮索《せんさく》してくることもなく。

それは自分のことを信頼してくれているからなのだろう。

――……俺も、こいつのことを信頼してる。

「早苗、そこに座れ」

もうひとつのベッドを指さすと、早苗が椅子からそちらに移動した。

鹿倉も向かい合うかたちでベッドの縁《ふち》に座る。唇を湿して、正面から打ち明ける。

「俺が東界連合を――遠野亮二を追ってるのは、従姉があいつの犠牲になったからだ。従姉は事故で両親を喪《うしな》って、つらい精神状態の時期を過ごした。ようやく立ち直って、看護学校に入学してから、同級生の紹介で遠野と知り合った」

時間を戻せるものならば、その男とだけは関わってはいけないと命がけで春佳を説得する。

「……従姉は、遠野に惹《ひ》かれてしまった」

認めたくないが、そうだったのだ。

『春佳は俺が初めての男だったんだ。下手くそな料理を一生懸命作ってくれる可愛い女だった。俺はわりと気に入ってたんだ』

遠野の言葉を思い出すと、口惜しくて口惜しくて頭がおかしくなりそうになる。

「遠野は従姉を薬漬けにして、売春をさせた」

『それが俺への愛の示し方だ。おのれを捨てて身も心も削《けず》って初めて、俺に愛が伝わる。そう春佳にも言って、春佳も納得した』

口惜しさのなかに虚脱が入り混じる。

たとえ時間を巻き戻せたとしても、やはり自分では遠野に惹かれる春佳を止められなかったのではないか。

「従姉は自殺願望のある客の巻き添えを食らって、殺された」

抑えても声が震える。

——それでも……俺は救いたかった。春佳姉ぇに、生きていてもらいたかった。

涙に霞む目で、早苗を見据える。

「俺が遠野亮二を追いかけているのは、私怨《しえん》だ。それにお前を巻きこんできた」

早苗がすべてを吸いこもうとするかのように喘《あえ》いだ。

鹿倉は黙りこみ、自分のなかを覗きこむ。

――俺にできることは、なんだ？

ふいに、いまさっき見ていた夢が、あぶくのように意識に浮き上がってきた。

落下しつづけるエレベーター。そのエレベーターの箱は燃え尽きて消滅し、地獄に投げ出される。そういう続きだった。しかし想像では思い描けないせいだろう。目を開けていてもそこには闇しかなかった。

――俺は地獄をこの目で見ないとならない。

たとえどれだけ凄惨《せいさん》であったとしても、呑みこみたくない事実を孕《はら》んでいたとしても、底に落ちきった先にあるものに目を凝《こ》らさなければ、ルールのない世界で闘えるようにはならない。

たとえそれが「光」を失う、ゼロが望まないかたちになったとしても。

「俺は、後戻りはしない」

「鹿倉さん……」

「これから先は刑事でいられなくなることも、俺は厭《いと》わない。だからお前は、俺のこととは切り分けて、自分自身の考えと立場を護れ」

早苗が唇を震わせて、深く俯く。

「……やっぱり、援軍を呼びます」

「刑事として、それでいいと思うのか？」

俯いたまま、鼻先にずり落ちた眼鏡の狭間《はざま》から、早苗が充血した目でこちらを見る。

「わかってるだろ。いまもっとも重要なのは、人身売買と投資詐欺の捜査を進めて、被害者の数をひとりでも少なくすることだ」

「それなら——鹿倉さんを確保して、日本に戻ります」

鹿倉は目を細めた。

「早苗優として、お前はそうしない。俺はお前を信頼してる」

「……っ」

早苗が眼鏡を外したかと思うと、顔のうえ半分を手で隠した。

「なんですか、それっ。ズルいですよ」

手指に涙が伝う。

妙に勘がいいところがあり、鹿倉の性格をよく知っているから、これから先の鹿倉の行動を予測できているのだろう。

そのうえで、止めても無駄なことも嫌というほどわかっているのだ。

鹿倉はゆっくりと立ち上がると、早苗の前に立った。

「悪いな」

頭頂部に手を置くと、早苗が上体を前傾させて腹部に顔を埋《うず》めてきた。

そうしてひとしきり涙と鼻水を鹿倉のシャツに染みこませてから、上目遣《うわめづか》いで睨んできた。

「これまで、さんざん鹿倉さんにこき使われてきたんです。それが無駄にならないように、絶対に無事で帰ってきてください」

4

早苗《さなえ》が眠っているうちに、鹿倉《かぐら》は最低限のものだけポケットに入れて、ホテルをあとにした。

早朝のカジノ王国の道ばたには、惨敗してなにもかも失ったらしく、座りこんでいる者の姿があった。

——しかし、ここに俺を呼び寄せたのが遠野《とおの》だとしたら厄介だな。

初めから罠《わな》の匂いはしていたものの、李《リ》アズハル主導の謀《はかりごと》だと思っていた。だが、李アズハルの後ろで遠野が絵図を描いていたのだとすれば、人身売買についての捜査は難航を極めることになる。

日本警察をマカオに呼びつけても尻尾を摑ませない自信があってのことだろうし、発覚しないようにすでに手を打っているはずだ。

このままでは、相澤《あいざわ》・染井《そめい》チームも不発で終わる可能性が高い。

カジノ街の中心地を通る大通りに出る。

そこに架かる歩道橋にのぼり、あたりを見回す。

ひとつひとつが王城のごとき存在感を放つ一流ホテルが聳《そび》え立《た》っているさまは壮観だ。

なかでも、黒いオベリスク然とした不可侵城《ふかしんじょう》は禍々しい威圧感を放っている。

人身売買の舞台が不可侵城である可能性は高いだろう。

しかし、不可侵城は絶対的治外法権によって守られている。

——あの内部でおこなわれていることを知るためには、なかにはいるしかない。

どうせいまの自分は、李アズハルと遠野亮二《りょうじ》の掌のうえにいるも同然だ。

その気になれば、この瞬間にも、李アズハルの私設軍隊に所属するスナイパーに襲撃させて抹殺《まっさつ》することもできる。

逃げても隠れても意味はなく、そうするつもりもなかった。

それに本当に遠野主導ならば、むしろ瞬殺される可能性は低いと見ていい。

あの男の趣味は、ターゲットを心身ともにいたぶることなのだ。鹿倉陣也《じんや》を拉致《らち》したら、不可侵城に引きずりこんで嬲り殺しにしたがるに違いない。

——こっちは、向こうが迎えに来るのを待つだけだ。

あのおぞましい黒い巨塔のなかには、どんな地獄があるのか。それがどんなものでも自分は直視する。

ついにコクミンの安全柵から出て、ゼロのいる世界に足を踏み入れるのだ。

――……ゼロに近づける。

身体が芯から熱くわなないた。


拉致されやすそうな雑然としたエリアに移動することにして、鹿倉はコタイ地区の北側から階段を下り、旧市街地であるタイパ村に向かった。飲食店や土産屋などがぎっしりと軒《のき》を連《つら》ねる通りから外れて、裏道や古びた集合住宅が建つエリアを歩きまわる。

しかし町中で堂々と襲撃するつもりはないのか、あるいは明らかにおかしい鹿倉の単独行動に警戒しているのか、なにも起こらないまま午後になった。

――まどろっこしい。

苛立ちを覚えるが、招待カードもなしに不可侵城に侵入することはできない。

もっと襲撃しやすい、確実に人気《ひとけ》のない場所に移動するのが近道だろう。

エリオから教えられた、地元民でも近づかない場所の情報を思い出して、鹿倉はバスに乗り、橋を渡ってマカオ半島の東部にある外港フェリーターミナル近くのエリアに向かった。

そのあたりには築年数の経ったマンション群があり、ホテルやカジノもあるものの、閑散《かんさん》とした印象だった。かつては外国資本がはいって梃子入《てこい》れをしていたそうだが、それが撤退《てったい》してからは、殺人や拉致といった凶悪事件が多発するエリアになったのだという。

日本でいうと板橋区《いたばしく》と同じぐらいの面積しかないマカオ特別行政区のなかですら、地域ごとの格差は大きく開いているのだ。

鹿倉はスマートフォンで地図を確かめながら、エリオが話していたマンションを特定した。

年季がはいっている様子で、敷地面積はかなり広く、高さもある大規模マンションだ。窓がぎっしりと並んでいるさまは蜂《はち》の巣を連想させる。

マンションは二階以上が居住区で、一階と地下にはさまざまな店舗《てんぽ》がはいっている形態だ。なんでも、この地下部分が廃墟《はいきょ》と化しているのだという。

一階は雑多な店が営業中で、客の姿もちらほらある。本当にこの下に、人が寄りつかない場所があるのだろうか。

半信半疑で奥のほうに進んでいくと、地下に下りるエスカレーターが現れた。

止まっているのは使う者もいないためだろう。

しかも地下は電気がついていないらしく、エスカレーターの下のほうは闇に浸《ひた》っていた。そのさまを見下ろすだけで、背筋がざわめき、生理的嫌悪感が湧き上がってくる。

これは確かに、好き好んで地下に行く者などいなさそうだ。

「……地獄の入り口にはふさわしいか」

スマホのライトをつけて前方を照らしながら、歩いてエスカレーターを下りていく。

下りきったところで、ぐるりとあたりに光を当てて様子を確かめる。

元々はバーやボウリング場など多くの店がはいっていたようで、看板はそのまま残っていたが、下ろされたシャッターにはスプレーなどで落書きがしてある。

サイケデリックな色合いで勢いよく描かれているのは、神々の姿だった。

千手観音《せんじゅ》、聖母子像、ガネーシャ、三叉槍《さんさそう》を手にしたポセイドン、羊の頭部をもつエジプトの神——そして。

ライトがその絵のうえで止まる。

山羊《やぎ》の頭をした悪魔、バフォメット。

その禍々しい姿に、黒山羊の仮面をつけた桐山《きりやま》の姿が重なる。

とたんに自分が生贄《いけにえ》の羊になったかのような、ゾッとする感覚に襲われた。

かぶりを振ると、鹿倉はフロアの通路を歩きだす。シャッターを閉めていない店もあったが、割れた窓ガラスの向こうは荒れ果てていて営業しなくなってから久しいようだ。

床材は割れたりめくれたりしていて、数歩ごとに足を取られそうになる。

パネルが散乱しているエリアがあり、それらには絵が描かれていた。荒々しい画風からして、神々の絵を描いたのと同一人物の作品だろう。

水道管でも壊れているのか、床を水が流れている。

靴の下で、捨てられた注射器が砕ける音と感触が幾度《いくど》も起こる。

水と注射器を踏む音が、いつしか複数になっていた。やはり自分を狙って尾《つ》けている者たちがいるのだ。

しかし襲撃されないまま、迷路じみた地下街を闇雲に歩かされていく。

迷路の先にふたたび神々の絵がぐるりと描かれた空間が現れる。出発点に戻ったのだ。

鹿倉は立ち止まってあたりの気配を探った。

光が当たっていない場所に、確かに人の気配を感じる。

もうひと押しだ。

スマホのライトを消す。

完全な闇に沈むと、複数の気配がひたひたと近づいてきた。

あたかも、描かれた神々が闇のなかで実体を得たかのようで——。

後頭部を硬いものでゴッと殴られて、目から火花が散る。

罠にかかるつもりだったのに、本能の部分で身体が反応した。なにも見えないなか気配を捉えては拳と蹴りを繰り出す。

何度か手応えがあり、相手の鼻の骨が折れるのを拳で感じた。

体内の血が沸騰《ふっとう》するような感覚が湧き上がってくる。

——闇のなかで闘うのは、こういうことなのか。

ゼロもエンウの者たちも、このように闘ってきたのだ。

今度は側頭部に凄まじい衝撃を受けた。身体が吹き飛び、床を転げる。

腹部を何度も蹴り飛ばされて身体が丸まる。

「うぐ……」

身動きできなくなったところで、首筋にグッと針を射しこまれた。冷たい液体が体内にはいってくると、意識が闇のなかに溶け出すように消えた。


頭がズキズキする。腫《は》れた瞼を鹿倉は上げた。

身体を折りたたむようにして、狭い箱のなかに尻をついて座っている。手首に冷たい感触がある。どうやら後ろ手に手錠《てじょう》をかけられているらしい。身じろぎすると、横から衝撃が起こり、箱が引っくり返った。

床に打ちつけられた弾みで、上半身が外に出る。

「煉条《れんじょう》ぉ」

独特の頓狂《とんきょう》なアクセントで名乗った煉条が、もう一度箱を蹴って、横に長い目を細めた。

「なんだ、もう目を覚ましたのか」

金属の粉が擦れるようなざらつく声がする。

そちらを見ると、黒いナイトガウンだけをまとった四白眼の男が、王侯貴族が座りそうな金の縁取《ふちど》りのある豪奢《ごうしゃ》なソファに腰掛けて、葉巻を吸っていた。薬物特有の、甘く饐《す》えた匂いが漂《ただよ》っている。

――ここは不可侵城のなかか？

鹿倉は横倒しになったまま視線を大きく巡らせた。

部屋というよりホールと言ったほうがいい広さの空間で、ドーム型の天井からは逆さに伏せられた巨大な蓮《はす》を象《かたど》ったシャンデリアが吊るされている。

壁や天井は細かいモザイクタイルで埋め尽くされ、青とオレンジのグラデーションが夕刻の色合いを思わせた。

鹿倉の考えを読んだかのように遠野が言う。

「必死に誘ってくるから、お望みどおり城に招いてやったぞ」

煉条がまた箱を蹴る。

「遠野に色目を使うなよぉ！」

凄まじい脚力に、金属製の箱の側面がヘコんだ。

改めて見れば、煉条は白いナイトガウンを羽織っているものの、腰紐《こしひも》を結んでいないため、下着をつけていない裸体がなかば露《あら》わになっていた。

美女そのものの顔に、細身ながら戦闘用の筋肉がしっかりついた男の肉体を備えている。

この空間の雰囲気もあって、性別を超えたような姿は天使にも似て見える。

「こいつは遠野を殺すって言った。煉条はこいつを蹴り殺す」

そう宣言して、煉条が鹿倉の頭めがけて足をブンと振る。

とっさに海老《えび》反《ぞ》りになって避けたものの、凄まじい風圧に頬を殴られた。

「煉条、止まれ」

薄笑いを浮かべながら遠野が命じる。

「なんで？　どうして？」

煉条が子供のように地団駄を踏む。

ソファから立ち上がった遠野が鹿倉の前で片膝をついて座ると、煉条もすとんと腰を落として遠野の肩に頬を擦りつけた。

葉巻を、遠野が煉条の口元にもっていく。

まるでフェラチオをするみたいに舐めてから、煉条はそれを咥《くわ》えた。

遠野が白目のなかに浮かんだ黒目を鹿倉へと向ける。

「俺は慈悲深《じひぶか》いから、お前にちょっとしたチャンスをやろう」

案外、遠野は本気で自身のことを慈悲深いと思っているのかもしれない。

「ここにも地下闘技場がある。そこで煉条と闘って、お前が勝ったらここのSSランクの招待カードをやる」

勝負の結果はすでに確定している。

地下闘技王の煉条には、彼が深手を負っているときですら勝てなかったのだ。

群衆の前で、鹿倉をズタズタに痛めつけるのが目的なのだろう。

「俺が負けたら?」

葉巻を咥えたまま煉条が「殺す」と目を輝かせる。

遠野が煉条の腰に手を回しながら言う。

「オークションに出す」

鹿倉が目を瞠《みは》ると、遠野が喉で嗤《わら》った。

「人身売買の真相究明にマカオまで来たんだ。本望だろう?」

その横で煉条はもうなにがどうでもよくなったかのように、抱き寄せられるままに遠野にしなだれかかって、うっとりと微笑《ほほえ》んでいた。


いまだ痛んでいる頭に覆面を被せられて、鹿倉はノータイのシャツにスラックスという格好でリングに放りこまれた。

六角形の高い金網《かなあみ》に囲われたリングが据えられているのは、オペラハウスのような格調高い空間だった。円形に三百六十度、ゆったりとした間隔で真紅のシートが置かれている。高所にあるボックス席の見物客たちは、オペラグラスをもちいている。

客たちはいずれも仮面をつけていた。

ラバースーツに似た格闘用のコスチュームを身につけた煉条が、やはり覆面を被ってリングに現れると、観客たちはいっせいに拍手を浴びせかけた。煉条はこの地下闘技場でも荒稼《あらかせ》ぎしているのだろう。

ゴングなど、鳴らなかった。

煉条が軽い足取りで走ってきたかと思うと、ふわりと飛び上がった。次の瞬間、喉を腕に引っかけられた。

不意打ちのフライングラリアットがもろにはいって、鹿倉は背中をマットに激しく打ちつけられた。後頭部と背中にダメージを受けながらも、身体を横に転がして立ち上がる。

立ち上がったとたん煉条のパンチとキックが炸裂《さくれつ》する。

攻撃がはいるたびに、身体のあちこちで爆弾が弾けたかのような衝撃が起こる。

ようやく鹿倉の身体もまともに反応しはじめ、わずかでもダメージを減らして体勢を立てなおそうと、ハイキックを避けて飛びすさる——だが、煉条が間髪《かんはつ》を入れず次のキックを繰り出してきた。今度は避けきれずに、鹿倉はマットに叩きつけられて腰を強打する。

観客の目には、一般人が格闘のプロに私刑にされているようにしか見えないだろう。

これだけ周囲に人がいながら、誰ひとり、救いの手を差し伸べる者はいない。

むしろ煉条の攻撃が決まるたびに「ブラボー」の声があがり、品のいい拍手が起こる。日本の不可侵城の地下闘技場のような熱気すら、ここにはない。世界の富豪たちにとってはリング上で人が死んだところで、オペラのひと幕にしか過ぎないのだろう。

悪夢そのものだが、しかし呼吸もできないほどの激痛は紛れもなく現実のものだ。

容赦《ようしゃ》ない猛攻に晒されて、意識が白く吹き飛びそうになる。

——これが……現実だ。

社会から切り離された自分は、いまここではどこの誰でもない。

——いるのに、いない。存在していることに、なんの価値もない。

煉条に脇腹を蹴られる。

「う、ぐあ」

胃液が口から溢れる。

頭のなかで煉条の言葉が甦り、反響する。

『リョーシン？　それがなんの役にたつの？　リョーシンが煉条を守ってくれるの？』

常識や良識など、ここでは無価値だ。

『リョーシンがなかったから煉条は限度なく苦しまないといけなかった？　リョーシンがあれ

ば、酷《ひど》い目に遭《あ》わなかった？　リョーシンがあったら名無しのまま親に捨てられなかった？　リョーシンがない煉条が悪いの？』

子供のころから閉じこめられて嬲り者にされつづけていた煉条の地獄を思う。

絶望。諦念《ていねん》。発狂。それを延々と巡っていたのだろうか。

鹿倉は膝を折り、霞《かす》む目で煉条を見上げる。

「良心は……」

声にならない声で呟く。

「なんの役にも、たたない」

煉条が衝《つ》かれたように哄笑をあげた。

猛攻が中断して、ガクガクする身体で鹿倉はなんとか立ち上がる。

立ったのを見届けてから、煉条が金網へと走った。

そしてあろうことか、電流の流れている金網を素手《すで》で摑んで、駆けるように登りはじめた。

仕掛けられた爆弾が轟音《ごうおん》をたてて火と煙を噴く。

もうもうと立ちこめる煙のなか、火花をまとった煉条が金網から鹿倉めがけて飛んでくる。

一瞬、見惚《みと》れたのだと思う。気がついたときには鹿倉は吹き飛ばされて、背中から金網にぶつかっていた。

電流に全身を貫かれて動けずにいるうちに、煉条が抱きついてきた。それを引き剝がす動きすらできない。仕掛けられた爆弾が背後で立てつづけに炸裂《さくれつ》していく。

まるで打ち上げ花火の真ん中にいるかのような浮遊感が起こる。

五感が次々に麻痺《まひ》していき、ついにはなにも感知できなくなった。


「今夜の出品だから、ほどほどにしておけと言っただろう」

「遠野はなんでこいつに甘いの？　ちょっと背中を火傷《やけど》しただけじゃん。手も足ももげてない」

「手足をもぐのは、購入者の愉《たの》しみだ」

「煉条がバラバラにしたいのに」

拗《す》ねたような声に、ざらついた遠野の声が返す。

「いまからもうひと幕ある。肉体の次は、精神だ。お約束の世界でまっとうぶってる刑事さんが、どこまで正気でいられるかな」

ベッドにうつ伏せになり、背中に負った火傷の治療を白衣の男から受けながら、鹿倉は痛みに朦朧《もうろう》となるなかでふたりの会話を聞いていた。

「広範囲の火傷のため、抗生物質を点滴しておきます。数日間、安静にしておくことをお勧めします」

日本人とは違うアクセントで医師が告げると、遠野が「今夜まで生きてれば充分だ」と言い放つ。

点滴には鎮痛剤《ちんつうざい》と睡眠薬もはいっていたらしい。すべての感覚が鈍くなって、意識がブラックアウトした。

5

鹿倉《かぐら》は黒スーツのスタッフに車椅子に乗せられ、部屋に備えつけられているエレベーターに運びこまれた。

鬼神の能面をつけた遠野《とおの》と、女能面をつけた煉条《れんじょう》も一緒に乗りこみ、箱が下降していく。

エレベーターの壁は鏡張りになっていた。

火傷した背中が車椅子につかないように、上体をぐったりと前傾させた全裸の自分の姿を鹿倉は見る。顔のうえ半分だけが隠れるゾロマスクをつけられているが、苦悶《くもん》の表情を浮かべているのが見て取れた。

「……これから、オークションか？」

しゃべるだけでも背に響き、冷たい汗が項《うなじ》を濡らす。

「ああ。今夜はマニアックな上客が揃ってる。お前はツイてるな」

遠野が言うと、煉条の能面がほくそ笑んで見える角度になる。

「解体マニアのアメリカの実業家にぃ、人間蠟《ろう》人形を作るのが趣味のドイツ貴族とかぁ、あーそれに人肉喰らいのアラブの王様」

煉条が軽く腰を折って、鹿倉の顔を能面越しに覗きこむ。

「どれがいーい?」

「――」

殴ってやりたいところだが、手首と足首は車椅子のベルトで拘束《こうそく》されている。

黙ったまま能面に唾《つば》を吐きかけると、煉条の拳が腹部に飛んできた。化膿止《かのうど》めの軟膏《なんこう》を塗られた背中が、背もたれに打ちつけられる。息が止まりそうな激痛に、身体がガクガクと跳ねた。

能面が無表情になる。

「煉条は強いから生きてる。お前は弱いから、死ぬ」

エレベーターのドアが開き、遠野と煉条に続いて、黒服に車椅子を押されて鹿倉も箱から下ろされた。

――会場は、地下四階なのか。

競売品を運搬《うんぱん》しやすい仕様にしてあるのだろう。

通路の壁は病院のそれのように白く、床はリノリウム張りだ。控《ひか》え室《しつ》は広々とした個室で、棚や壁には悪趣味な器具やコスチューム、拷問《ごうもん》器具がずらりと並んでいた。

歯医者にあるような器具をぼんやりと眺めていると、煉条が愉しげに教えてきた。

「歯ぁぜんぶ抜くと、アレがやりやすくなるから」

遠野がソファでくつろぎながら付け足す。

「落札者が望めば、加工してから渡す」

部屋の中央に置かれた手術台に座った煉条が、脚をぶらつかせる。

「殺しには興味ないから、初めから遺体がいいって奴もいるの」

「ああ、よく競《せ》り落《お》とす屍姦症《ネクロフィリア》の中国の大富豪はそれだな」

「あいつが落札したら、煉条に殺させてっ」

聞いているだけで吐き気がこみ上げてくる。

ここでおこなわれる人身売買は、鹿倉の想定を大きく逸脱《いつだつ》したものであるらしい。

消毒液の匂いが充満しているこの部屋は、すでに地獄の一丁目なのだ。そして自分にはこれから地獄巡りが待っている。

薄緑色の手術衣を着た男女が部屋にはいってきた。

彼らは遠野に指示されるままに、鹿倉に薬を注射し、手術台でうつ伏せにした。どうやら薬は筋弛緩《きんしかん》効果のあるものだったらしい。

身体を清拭《せいしき》されたうえで、格闘で痣《あざ》だらけになった身体中に、甘い香りのするオイルを塗られていく。陰茎の付け根と双嚢《そうのう》にリングを嵌《は》められて、性器を強調される。さらに尻を割り拡げられて、後孔《こうこう》にプラグを挿《い》れられた。長さはないが浅い場所を大きく拡張するタイプで、弛緩剤を打たれてなお、臀部《でんぶ》が苦しさにヒクつく。

生理的な反応や脊髄《せきずい》反射で身体が動くことはあるものの、自分の意思ではまったく思うように動けない。

まるで遺体になって、死体防腐処理《エンバーミング》でも受けているかのようだ。

準備が終わると、手術台から黒いレザー張りの、分娩台《ぶんべんだい》に似た作りの車椅子に移された。

抵抗する気持ちはあっても身体が動かず、脚を大きく開くかたちで腿を固定される。

手術衣の者たちが去ると、遠野は鹿倉の顔からゾロマスクを外した。

そして鹿倉の周りをゆっくりと何周も歩いた。あらゆる角度から屈辱的な姿を見られて、憤りに瞼が痙攣《けいれん》する。

「恥ずかしいのか？　紅《あか》くなって可愛げが出てきた」

煽られて、せめて眸に力を籠める。

すると遠野が脚のあいだに身体を入れて、覆い被さってきた。

鬼神の面と四白眼が一体化して見える。

「いい目だ。そそられる」

まるで鬼そのものに心を覗きこまれているかのようだ。

キスするみたいに顔を寄せて、遠野が囁きかけてくる。

「お前も俺に愛を示してみるか？　従姉みたいに」

遠野の戯《ざ》れ言《ごと》が思い出される。

『おのれを捨てて身も心も削って初めて、俺に愛が伝わる』

『それが俺への愛の示し方だ』

――……ふざけるなっ。

憎悪とともに胸のなかで吐き捨てながら、しかし同時に頭では冷徹に思考していた。

――遠野の手許にいられれば、殺す機会は生まれる。

自分にできることがあるとすれば、遠野亮二を殺すことぐらいだ。それすらも煉条がいれば難しいが、遠野は大石《おおいし》春佳の従弟である鹿倉に、敵として以上の関心をもっている。わずかでもふたりきりになって隙を作ることができれば、遠野を殺せる可能性はゼロではない。

――遠野亮二《りょうじ》が消えれば、東界《とうかい》連合は内部崩壊する。

それはこれまでの東界連合の動きから明らかだった。

遠野のカリスマ性と恐怖政治によって、東界連合はひとつにまとまっているのだ。

警察にはいったころは、遠野の犯罪を暴いて罪を償《つぐな》わせられると思っていた。しかし警察の腐敗を知り、遠野を公的に罰《ばっ》することが困難なのだとこの数ヶ月で思い知った。たとえ逮捕《たいほ》できたところで、検察も裁判所も、ありとあらゆる「配慮《はいりょ》」をするのは火を見るより明らかだ。下手をしたら脱獄《だつごく》の手助けすらするかもしれない。

――それなら、この手で片をつけるしかない。

そのひとつだけでも果たせれば、少なくとも春佳の復讐という最大の目的は果たすことができる。

ゼロとともにエンウを守りたいという自分の願いを叶えることにもなるのだ。

――国家レベルの意味なんて考えなくていい。俺はただ、でき得る限りのことをする。

ここまで追い詰められてようやく、等身大の自分と向き合うことができていた。

鹿倉は気持ちを据えると、ゼロに抱かれているときの感覚を手繰り寄せた。

単純な男としての性欲とはまた違う、犯される側の欲望。ゼロとひとつに熔ける充足感。繰り返し、どこまでも求める貪婪《どんらん》さ。

唇がめくれて半開きになる。目がとろりと濡れる。眉根が切なく寄る。

遠野の四白眼がわずかに眇められた。

下半身が密着する。

ストッパーのかけられた車椅子がギッギッと鳴りだす。

「あ……」

嵌められているプラグを突き上げられる。

遠野の動きで内壁を打たれて、犯されている錯覚《さっかく》に陥《おちい》る。

あまりの嫌悪感に、生理的な反応で身体が拒絶に震える。

背もたれについている火傷した背中に、無数の針を刺されているかのような痛みが起こる。

「あぅ」

――……ルールなんてない。

これまでの枠が、ひと揺すりごとに砕けていくのを感じる。

鬼神の能面から荒らげた呼吸音が漏れる。遠野のなかに生じた欲をさらに煽るために、鹿倉は淡く舌なめずりをした。

遠野の身体がビクッと跳ねた。

――来い……もっと、来い。

手放すのを一日伸ばすだけでもいい。

――そうしたら、俺は遠野を、かならず……。

遠野の両手が二の腕を摑んできて、本格的な律動に移ろうとしたときだった。

ふいに車椅子のストッパーが外されて、後ろに大きく引かれた。遠野と身体が離れる。

煉条が車椅子の手押しハンドルを握っていた。

「ゲート開けて！」

煉条に怒鳴られて、部屋の隅で控えていた黒服が慌てて部屋の奥のパネルを操作した。するとドアが横にスライドして、新たな通路が現れた。

煉条に押されるまま凄い速度で通路を進んでいくと、がらんとした丸い空間に出た。

その中央に、大きな絵画——先月、海外の美術館から盗まれたことが記事になっていた名画だ——を置こうとしている紳士がいた。

その紳士と絵画へと、煉条が車椅子を押したまま突っこんでいく。

紳士は慌てて絵画をかかえて逃げ、すんでのところで衝突《しょうとつ》を免《まぬが》れた。

部屋の真ん中で、ようやく車椅子が止まる。

『申し訳ありませんが、順番をお守りください』

ガイマスクをした燕尾服姿《えんびふくすがた》のスタッフが英語でそう注意しながら近づいてきたが。

「こっちを先に出す!」

煉条が日本語で怒鳴って、ハイキックでスタッフを吹き飛ばした。

「Zの百三十一。早くしないと殺す」

殺す対象がスタッフではないことを、背後から首を絞められて鹿倉は知る。

容赦ない力で気道を圧迫されていく。逆しまにこちらを見下ろしてくる女能面が般若《はんにゃ》に見える。

ブザー音がして身体がゆっくりと上昇しはじめる。部屋の真ん中部分がせりになっていたのだ。煉条が台から飛び降り、鹿倉ひとりが薄暗い場所に上げられて、上昇が止まった。

『順番が入れ替わりました。ロットナンバーZ・131』

英語でのオークション品紹介が続く。

『日本人、三十一歳男性、職業は刑事です』

パッとスポットライトが点《つ》く。

淫《みだ》らに脚を開いて、窒息《ちっそく》させられかけて喘ぐ姿を照らし出される。

許容範囲を超えた屈辱感に身体の芯が痺れ――ふいに俯瞰《ふかん》しているかのような感覚が訪れた。

少し離れたところから自分や周囲を眺めているみたいな奇妙な感覚だ。

バイヤーたちの様子も妙にくっきりと見えた。

派手なストライプスーツ姿の紳士、カクテルドレスをまとったモデルのようなプロポーションの女性、イスラムの服装の者、首や指に金の装飾品をやたらにつけている太った男、高級ブランドのジャージ姿のカップルもいる。

興味を引かれたのか、数人が前傾姿勢になる。

『百万』『五百万』『二千万』『四千万』

競り合いが始まるなか、ひとりの男が会場にはいってきたかと思うと、ゆったりとした足取りで歩きながら穏やかな声音で言った。

『一億』

バイヤーたちが彼のほうを見て、いっせいに黙りこんだ。

男はまっすぐ壇上《だんじょう》にのぼると、鹿倉の目の前に立った。

スポットライトに照らされる男は、仮面をつけていなかった。

スリーピースにアスコットタイを華《はな》やかに締め、オールバックに流された肩にかかる長さの髪はブルネットで、眸は青い。四十代前半。顔立ちはどこの国の者か判別しがたいが整っていて、目元は優しげだ。

——李アズハル……。

すべての不可侵城のオーナーである、カジノ王。あらゆる国の中枢《ちゅうすう》と繋がって、裏側から世界を動かすことのできる支配者だ。

資料で李アズハルの写真を見たことはあったが、こうして目の前に立つ彼は、鮮やかさとやわらかさを兼ね備えた、不可思議な印象の男だった。

しかし、どうして李アズハルが自分を落札するのか？

問いかけるまなざしを向けると、彼はジャケットを脱いでそれを鹿倉の身体にかけた。

『私の部屋に運べ』

彼が壇から下りながら命じると、スタッフが飛んできた。せりが下がりだす。奈落にはすでに煉条の姿はなかった。

先ほどとは別の部屋に運ばれ、リングやプラグを外されてから、通常の車椅子に乗せ替えられて頭からすっぽりとシーツをかけられた。

そうして、最上階にある李アズハルの部屋へと連れて行かれたのだった。

6

床から高い天井まで一面ガラス張りの窓からは、海を横断する世界一長い海上橋と、その先にある香港《ホンコン》まで見渡すことができる。

ここに保護という名の監禁をされてから一週間になろうとしている。

極度の緊張状態から解放され、肉体も精神も焼き切れたようになって、鹿倉《かぐら》は高熱を出して初めの三日三晩はほとんど眠ったままだった。

質のいい治療をほどこされたお陰で背中の火傷も、いまはバスローブを着ていられるぐらいにはよくなっている。

ただ、自分が置かれている状況については謎《なぞ》のままだった。

どうして李《リ》アズハルは、自分を落札したのか。

エンウと組んで、日本の不可侵城《ふかしんじょう》のセキュリティを破って侵入したことは当然、彼も知るところだろう。

——自分の手で罰《ばっ》しないと気が済まないとかか？

彼と対したのは、オークション会場での数十秒だけだった。

この広々としたホテルのスイートルームのような空間に、彼が訪れることはなかった。世話をしてくれるスタッフたちは仮面こそつけていないものの常に無表情で、業務的な会話しかしない。

心身が快復していくにつれて、いてもたってもいられない焦燥感が募《つの》っていた。

「ここに残ることはできた」

口に出して、自分に言い聞かせる。

「遠野《とおの》もまだここにいるかもしれない」

それならば、チャンスはまだある。

遠野が自分に反応することはわかったのだから、もう一度、同じようにして隙を作ってやればいいのだ。

……遠野に犯される錯覚がなまなましく甦ってきて全身に鳥肌がたち、吐き気がこみ上げてくる。

——手段なんて、どうでもいい。たったひとつの目的を果たすために、俺はなんでもやるし、どうなってもいい。ここは、そういう世界だ。

コクミンの柵が壊れて、自分は一歩外に出たのだ。

そうすればゼロに近づけると思ったのに、しかし近づけている実感がない。こうしているいまも、せめてもう一度この手で彼に触れたいと渇望《かつぼう》している。

「ゼロ……」

床が抜けて奈落に落ちていくような体感が起こり、鹿倉は窓ガラスを強く引っ掻いた。


その晩、極彩色の夜景を見下ろしながら夕食を終えたところで、スタッフたちの動きが慌ただしくなった。皿が片付けられて、アラブ風の茶器が運ばれてきた。

給仕係がティーケトルを高々と上げてふたつのグラスに紅茶をそそぎ、大量の砂糖を入れてミントを浮かべる。

仕上がったのとほぼ同時に、ひとりの男が入室した。

鹿倉が思わず椅子から立ち上がると、李アズハルは柔和な仕草で椅子を示しながら『楽にしてください』と英語で言った。

まったく状況がわからないまま放置されつづけて、さすがに苛立ちと焦りが募《つの》っていた。摑みかかってでも現状の説明をさせたいところだったが、そういうおこないを人にさせない静かな圧を、カジノ王は発していた。

テーブルを挟んで椅子に腰掛けて紅茶を口に運ぶ男に、鹿倉は突っ立ったまま強い口調で尋ねた。

『どういう目的で俺を落札したんだ?』

『私は知りません』

『知らないで、大枚をはたいたのか？』

『たかが、一億香港ドルほどです』

オークション会場では通貨単位が不明だったが、一億香港ドルとは日本円にして、およそ十六億円だ。李アズハルにとってははした金なのだろうが、それが遠野に渡って東界《とうかい》連合の軍資金になることは許容しがたい。

『……遠野亮二《りょうじ》は、まだ滞在しているのか？』

『ええ。美しくて凶暴な愛人と滞在しています』

――まだ近くにいる。

それがわかってようやく、鹿倉は椅子に腰を落とした。

『遠野とふたりきりで会いたい。凶暴な愛人は抜きで』

李アズハルが青い目をわずかに細めた。

『話に聞いていたとおり、あなたはなかなか面白い人のようですね。私の城に忍びこんだり、男を誑《たら》しこんだり、こうして身も蓋《ふた》もないおねだりをしてきたり』

相手はなめらかな調子でしゃべっているだけだが、背中の火傷がビリビリと痛みだすのを鹿倉は感じる。自分の本能の部分が、警戒警報を発しているらしい。

李アズハルが海にかかる橋へと視線を向ける。

『数年前にあの橋が開通するまで、人々は香港とマカオをフェリーで行き来していました。いまは実質的に地続きになり、向こうとこちらの同期化は加速度的に進んでいます』

遠野の話を避けられて、鹿倉は苛立《いらだ》つ。

『人間は技術革新によってさまざまな次元で、善悪も関係なく同期化を進めていくのです。そうして特異点《シンギュラリティ》が訪れれば、世界の価値感自体が崩壊に瀕《ひん》するでしょう』

『俺は遠野亮二の話をしてる』

李アズハルの視線が戻ってくる。

ギラついたところのない、静謐《せいひつ》なまなざしだ。

『すべては高速で変化し、昨日まで価値のあったものが、今日は価値を危うくされるのです。その波はこれまで人類に幾度《いくど》もゆるやかに打ち寄せましたが、この先のそれは津波のようなものです』

『だからなんだって言うんだ?』

『遠野亮二は、多少なりともそれを理解しています。混沌《こんとん》こそ、彼の糧《かて》となるでしょう』

『……だからお前は遠野に目をかけて、東界連合が世界的な犯罪組織になる手助けをしていくってことか?』

テーブルのうえに置いた手で拳を握ると、李アズハルが厳《おごそ》かな口調で告げた。

『ルールも境界も存在しない世界が訪れます。それを妨《さまた》げようとする力も消えて、創世記が訪れるのです』
青い眸が内側から発光しているように見える。
――不気味な男だ……。
炙《あぶ》られる痛みが背中を覆う。
『お前は預言者かなにかか』
曖昧《あいまい》な言葉で煙《けむ》に巻こうとしているとしか思えない。
李アズハルがやわらかく微笑んで、席を立ちながら言う。
『私は観測して、流れに乗るだけです』
ただそれだけでカジノ王にのぼり詰め、私設軍隊をかかえたりするはずがない。
表面をどのように取り繕《つくろ》おうと、この男は残忍な野心家なのだ。
鹿倉も立ち上がり、険しい声で問いただす。
『もう一度、訊く。どうして俺を買った?』
少し高い目線から、李アズハルが穏やかなまなざしで見返してくる。
『私は代理で買ったにすぎません』
『代理? 誰のだ?』
『今夜にはここに着くでしょう。あなたの所有者は、その人物です』
そう言うと、李アズハルは踵《きびす》を返して部屋を出て行った。

押しても引いても手応えのない男の気味悪さを洗い流したくて、鹿倉はグラスを手に取ると、まだ口をつけていなかった紅茶を呷《あお》った。

それは頭を殴られたかと思うほどの甘さで、呑みこむのにひどく苦労した。

李アズハルの来訪から三時間ほどして、外から施錠《せじょう》されているドアが開き、見知った男がはいってきた。

意外なような、意外でないような相手だった。

「お前だったのか……」

手持ち無沙汰でつけていたテレビから流れる広東語のボリュームを低くしながら、鹿倉はベッドにうつ伏せになったまま呟く。

桐山俊伍《きりやましゅんご》が眉間に皺を寄せて、ベッドの横に立った。

「李アズハルから君がオークションにかけられるという連絡があって、押さえてもらった。……マカオ行きは承知していたが、ここまで愚《おろ》かだったとは」

「俺が消えてくれたほうがそっちには好都合だったんじゃないのか」

少しの間があってから、桐山が返す。

「君は押さえておきたいコマなのでね」

「なんのためにだ？」

頬をシーツにつけたまま、横目で桐山を見詰める。

鹿倉の顔や身体に、桐山が執拗《しつよう》に視線を這いまわらせる。見られている場所に、桐山に舐められたときの感触がなまなましく甦ってくる。

臀部をねっとりと見詰められると、バスローブの下で後孔が嫌悪感に引《ひ》き攣《つ》れた。

まるでそのさまが見えているみたいに、桐山が目を細めた。

「君はもう私の所有物だ。なんのためにどう使おうがかまわないわけだ」

「……お前が十六億出したわけじゃないんだろう」

「十六億円ぶんの借りを李アズハルに負《お》った」

あたかも鹿倉を所有したかったかのような言動だが、しかし違和感を鹿倉は覚えていた。

桐山は確かに嫌がらせをする対象として鹿倉陣也《じんや》を気に入ってはいるようだが、それ以上の特別な思い入れをいだいているとは思われない。

——少なくとも、俺とゼロとの関係とはまったく違う。

比較対象があるからこそ、違いが明確にわかる。

桐山が腕組みをして命じてきた。

「落札品の状態を検《あらた》めさせてもらおう」

いまここで抗うのは無意味だ。

鹿倉はうつ伏せになったまま、腰紐をほどいてバスローブを脱いだ。下着を穿《は》いていないため尻も剝き出しになる。

「これは酷《ひど》い疵物《きずもの》だな」

背中に広がる傷痕に、桐山が眉をひそめる。

「無駄金だったな」

桐山は脱いだスーツのジャケットを広すぎるベッドの片隅に置くと、ネクタイを緩めながらベッドの縁に座った。

鹿倉は片腕を額の下に入れて、完全に顔を伏せた。

思い入れはなくても、せっかく買ったのだから性欲の発散ぐらいには使うつもりなのだろう。

——懐柔《かいじゅう》すれば、遠野に接近する機会を作らせられるかもしれない。

地下闘技場のリングで無惨に打ち負かされ、オークションであられもない姿を何十人もの人間に晒した。それらの経験に比べれば、目的を達成する手段として割り切れるだけいい。

尻の丸みを桐山の指がなぞる。

その指先が狭間へと下りていき、後孔をくじってきた。

鹿倉は奥歯を嚙み締めると、自分から脚を開いた。どうせヤられるのならば、できるだけ短時間で終わらせたい。

——目的のためだ。

抵抗したがる自分を捻じ伏せる。

襞のなかに指がめりこんできた。できるだけ力を抜いて受け入れる。

「ずいぶんとしおらしいな」

いくらか興醒《きょうざ》めしたように桐山が呟く。

従順ではそそられないと言いたいらしい。反発する相手を従わせることに興奮を覚える男だから、そういう演出をするべきか。

「は……っ」

侮蔑《ぶべつ》のまなざしを背後に送ろうと首を捻じりかけた鹿倉は、そのまま唇を開いた。

火傷の深度が深かったため、まだ爛《ただ》れている肩甲骨《けんこうこつ》のところに、桐山の舌が這いまわっていた。

「そこ、やめ——あぁっ」

甘噛みされると脳天まで激痛が走った。

「指一本でも痛いぐらい締まってる」

囁きながら、桐山が体内の指の角度を変えた。性器の底に繋がる凝《こご》りを、粘膜越しにきつく押される。その刺激で、さらに内壁が締まりきる。肩甲骨を咥えられてしゃぶられる。

「や、めろっ」

痛みと性的刺激が相まって、鹿倉の身体はビクビクと跳ね、無意識のうちに指を抜こうとして腰をくねらせた。狭まっている場所に、指をもう一本、捻じこまれる。

「それでいい。ようやく調子が出てきた」

嗜虐《しぎゃく》の喜悦に桐山の声が濁る。

「簡単に満足させて楽になれると思わないことだ」

「っ――う……ぐ」

舌から逃げようとして背が反り、指から逃げようとして腰が上がる。いつの間にか、膝を立てて上体を伏せる姿勢になっていた。

「背中が真っ赤になってきた」

治りきっていない火傷が疼《うず》き、リング上での記憶を引きずり出される。

逃げ場なく追い詰められ、背中を焼かれながら煉条に抱擁《ほうよう》されたのだ。あの時、死を間近に感じた。

鹿倉は朦朧となりながら、自身の下腹部へと手をやった。半勃《はんだ》ちのペニスがびしょびしょに濡れている。欲望というより、危機的状況を思い出しての生理的反応に近い気がする。

桐山が背後から覆い被さってきて、ペニスに触れている鹿倉の手指を握りこんできた。自慰《じい》をするように手を動かされる。

腰が内側から張り詰めていく。

果てたくなくてもがくと、桐山に体重をかけられて押し潰された。

背中を舐めまわされながら尻を叩くように内壁を指で犯され——。

桐山に顎《あご》を後ろから摑まれた。振り返るかたちで首を捻じられる。

至近距離で目が合う。

近すぎて、その黒すぎる目を脳がゼロのものだと誤認識する。

「——は…」

射精しながら、唇を重ねられる。

感触の違いから相手がゼロではないと認識が修正され、鹿倉はそむけた顔を、窒息しそうなほどきつくシーツに押しつけた。そうしながらも、自分の内壁が桐山の指を咥えたまま痙攣しているのを感じる。

——くそ……くそ…っ。

精液が絡みついた手で拳を握ってシーツに叩きつけると、桐山が満足げに身を震わせて、完全に被さってきた。耳をねっとりと舐められる。

このまま犯す気なのだろう。

耳許で囁かれる。

「君は私と組めばいい」

鹿倉は血走った目で桐山を睨んだ。

「なんの話だ?」

しかし桐山のまなざしにふざけた色はない。

「私は、遠野亮二を潰すのに手を貸せる」

「――」

「ゼロではなく、私と組め」

なにを言われているのか理解が追いつかずに睨みつづけていると、桐山がまた唇に唇を押しつけてきた。

唇の狭間を舐められながら、鹿倉は混乱状態に陥っていた。

桐山俊伍は出世のために、遠野亮二は東界連合内の反発勢力を潰すために、手を組んできたのだ。

ただ利害関係で協力してきたのだとしても、遠野を潰すメリットが桐山にあるとは思えない。

そして、鹿倉のために遠野を潰したいというわけでないのも明らかだ。

――こいつは……なにを考えてる？　目的はどこにある？

詰問《きつもん》しようとした瞬間、肩甲骨に嚙みつかれた。二本の指がはいっていたところに、さらに二本の指を無理やり挿《い》れられる。

「く……は」

桐山は自身の欲望をじかにぶつけることなく、ただただ一方的に鹿倉の心と肉体に強烈な衝撃を与え、揺さぶりをかけつづけたのだった。

7

「お前と組むのを考えてやってもいい」

遅い朝食をともにしながら、鹿倉《かぐら》は桐山《きりやま》に告げた。

「だが、信用できるだけのものを見せてもらいたい」

相変わらず優雅な手つきでカトラリーを使ってイングリッシュブレックファーストを口に運びながら桐山が訊いてくる。

「どうしたら信用できる?」

この男を信用などできるはずがない。

桐山俊伍《しゅんご》という男は、チェスの黒も白もすべて自分で動かすような人間なのだ。そしてそれを当然のことと思っている。傲慢《ごうまん》という感覚すらもち合わせていないのだろう。

——ゼロを信用するみたいに、こいつを信用することは絶対にない。

どのような意味でも、桐山はゼロの代わりにはなり得ない。

その結論が揺らぐことはないが、しかし桐山を利用できるのならば、利用しつくすまでだ。

この男は法曹界のサラブレッドとしてあらゆる日本の権力機構に縁故があり、李《リ》アズハルともじかに繋がっている。

そしてなにより、あの遠野亮二《とおのりょうじ》が桐山に対しては特別な計らいをしている。煉条《れんじょう》に桐山の性的接待を頻繁にさせていたのも、その一環だろう。

——こいつなら、遠野の警戒を解かせることができる。

遠野を抹殺《まっさつ》する舞台をセッティングすることも可能だろう。

だが相手が桐山なだけに、いざとなって梯子《はしご》を外されるような展開にならないか確かめるために、ハードルを用意してみることにする。

「不可侵城《ふかしんじょう》の外で、早苗優《さなえすぐる》とふたりきりで会いたい」

これはかなり高いハードルのはずだ。

しかし桐山はカトラリーを動かす手を止めずに返す。

「いいだろう」

あまりにもあっさりと許可が下りて、鹿倉は鼻白《はなじろ》む。

なにか理由をつけて煙に巻くつもりかと疑ったが、桐山はいつもの彼特有の潔癖症《けっぺきしょう》でもって有言実行したのだった。

「鹿倉さん！」

指定されたホテルの部屋にはいるなり、駆け寄ってきた早苗が勢いあまってぶつかってきた。

「本当に無事だったんですねっ……聞いてましたけど、不安で不安で」

早苗の言葉に鹿倉は眉をひそめた。

「聞いてたって、誰からだ？」

尋ねると、鹿倉が消えるのを恐れるかのように腕をきつく掴んだまま早苗が答える。

「誰って、桐山検事ですよ」

「桐山が？」

「一週間前、鹿倉さんがいなくなった夜に、携帯に電話があったんです。鹿倉さんは無事だから、ほかの刑事には不在を知られないようにしておけって。騒動になるとかえって鹿倉さんに迷惑がかかるとか。だから、師匠にも染井《そめい》さんにも言ってません」

鹿倉が拉致されて不可侵城に連れこまれたことを李アズハルから教えられて、桐山はすぐに早苗に指示を出していたわけだ。

もし鹿倉を捜して下手に動き回っていたら、早苗にまで危険が及んでいたかもしれない。

早苗に直接連絡を入れたのは意外だったが、この点は桐山の機転に助けられた。

「あの人はやっぱり、権力ヤクザの若頭ですよね。なんでも知ってて怖すぎます……こうして鹿倉さんに会えるまで半信半疑でしたけど」

早苗が改めて鹿倉の身体をペタペタと触ってから安堵したように息をつく。

「コーヒー淹《い》れますから、座ってください」

示された窓辺の椅子に腰掛ける前に、鹿倉は遮光《しゃこう》カーテンを閉めきって、フロアライトだけをつけた。シェードが黒いため、つけてもあまり明るさはない。これなら項の火傷跡は目立たないだろう。

――気がついたら、カワウソがピャーピャーうるさいからな。

「なんか暗いんですけど」

早苗が文句を言いながらカップをふたつ運んでくる。

桐山がこの部屋を手配させたことを考えれば、盗聴器が仕掛けられているのかもしれない。それでも、桐山が鹿倉の要求を呑んだのは事実で、そのことが重要だった。

――ついでに、こいつを安心させられたしな。

小ぶりなテーブルを挟んで座った早苗の目は、眼鏡の奥で潤《うる》みきっている。

「人身売買のほうはまったく収穫なしなんですけど、師匠たちがいくつかの詐欺グループの動きをキャッチできたみたいです」

「国際犯罪対策課の面目躍如《めんもくやくじょ》だな」

日本人が人身売買されている件は東界《とうかい》連合絡みだったと特定できたものの、不可侵城でのことだけに、報告したところで警察は動かないだろう。

――遠野さえ消すことができれば、東界連合と李アズハルのパイプは切れる。そうしたら、東界連合はこれまでみたいに不可侵城で幅を利かせられなくなる。

それが未来の被害者を減らすことにも繋がるのだ。

遠野のことを殺してやりたいほど憎いとは、春佳《はるか》の真相を知ってからずっと思ってきた。

だが、いまは「殺してやりたい」ではない。

——どうやってでも、殺さなければならない。

殺意という感情的なものではない。

必要なことを遂行する責務なのだ。

地獄というものをわずかでも覗いたいま、自分のなかに大きな変化が起こったことを鹿倉は実感していた。

冷たくて硬いものが腹の底にある。

それはゼロや桐山のなかにある冷徹さに通じるものなのかもしれない。

「あの……桐山検事から忠告されたことで、ちょっとわからないことがあるんです」

悩ましげな顔で早苗が続ける。

「エリオさんのことなんですけど」

染井経由で紹介されたマカエンセの男と、早苗はずいぶんと意気投合していた。

「桐山検事から、特にエリオさんには鹿倉さんがいなくなったことや、捜査に関わることは一切話すなって念を押されたんです」

「どうしてだ？」

早苗が小首を傾《かし》げる。

「なんでかは教えてもらえなくて。……ただ、鹿倉さんがいなくなった次の日に会ったとき、エリオさん酷い怪我をしてたんです」

自身の低い鼻を指さす早苗を見たとたん、暗闇のなかで襲撃者の鼻の骨を折った手応《てごた》えが甦ってきた。

……なるほど。そういうことだったのか。

あの外港フェリーターミナル近くのマンションの地下。あそこが地元民も近寄らないスポットであることを教えてきたのはエリオだった。

――エリオは遠野や李アズハルと繋がっていて、拉致の実行部隊だったわけだ。

「染井に、エリオとの繋がりは絶つように教えてやれ」

かつては信頼できる間柄《あいだがら》だったとしても、人は変わる。

急速に変化する時代のなかではなおさら、変わらざるを得ないこともあるだろう。マカエンセでありジャンケットであるエリオの立場は、この国においては微妙で不安定なものとなっている。

李アズハルの言うところの「観測して、流れに乗る」を実践《じっせん》しているといったところか……。

早苗が眉根をキュッと寄せた。

「染井さんには、鹿倉さんが直接言えばいいじゃないですか」

鹿倉は椅子から立ち上がりながら笑みを浮かべた。

「ああ、また今度にでもな」

「待ってください。戻ってきたんじゃないんですか？」

早苗が弾かれたように立ち上がって、鹿倉の腕を摑んだ。

「……明日、予定どおりに帰国しますよね？」

勘のいい早苗は見抜くだろうが、嘘をつかないわけにはいかない。

「もう少し、やらないとならないことがある。それがすんだら、かならず帰る」

軽く肩を叩いて、腕から早苗の手を外させる。

「ほんとに——もう嫌です」

部屋を出るとき、早苗が泣き声でそう呟くのが聞こえてきた。

ホテルから出ると、来るときにも乗った黒いリムジンが停まっていた。運転手が開けたドアから乗りこむ。

「戻ってきたということは、私を信用したわけだ」

ロングシートにゆったりと座る桐山から離れたところに鹿倉は座る。

「最低限にはな」

横目で桐山を見据えながら鹿倉は告げた。

「遠野亮二に会わせろ」

「さっそくおねだりか」

「遠野とふたりきりで会いたい」

「それは欲張りすぎだ。あの美人が許さない」

煉条がいてはことを運ぶのが難しくなるが、場をセッティングすることが第一だ。

「それと隠せる小型拳銃がほしい」

その言葉で鹿倉の意図は読めただろうが、桐山は顔色ひとつ変えない。

「用意しよう。いつがいい？」

「今夜」

明日も遠野が不可侵城に留まっているとは限らない。

「さっそく我《わ》が儘《まま》放題か」

桐山が苦い声で揶揄《やゆ》してから、確認してきた。

「理解しているな？　君は私と組む代わりに、ゼロとはもういっさい関わらない」

「――」

心臓に締めつけられる痛みが起こって、鹿倉は奥歯を噛み締める。

――……どうせ、もうゼロに会うことはない。

遠野を撃つということは、自分もまた生きて城を出られないことを意味する。煉条はなにをしてでも鹿倉を殺すだろう。

「ああ、わかってる」

答えて、鹿倉は目に感情が滲《にじ》む前に瞼を閉じた。

閉じた瞼にホールケーキが浮かぶ。それにじかにフォークを刺して食べていくゼロの姿が見える。ゼロの唇についた生クリームの甘さが口内に甦る。

——俺は、俺とゼロのために、完遂《かんすい》する。

これはゼロのためにもなることなのだ。そう考えると、腹の底の冷たいものが熱を帯びて、力が湧き上がってきた。

リムジンが急に減速して身体が横に傾き、鹿倉はシートに手をついて目を開けた。

桐山が「またか」と呟く。

車が完全に停まると、ドアの窓が叩かれた。

スピーカー越しに桐山が運転手にドアロックを解除するようにと命じる。

すぐにドアを壊さんばかりの勢いで開けて、男が飛びこんできた。その姿に、鹿倉は眸を大きく震わせた。

「——、ゼロ……なんで」

前にもこんなことがあったが、ここはマカオだ。どうしてゼロがここにいるのか。呆然としていると、ドアを閉めてゼロが鹿倉と桐山のあいだにドッと腰を下ろした。

桐山がまったく驚いた様子もなく言う。

「エンウはやはり、ここの城にも目や耳を送りこんでいたわけか」

その言葉を完全に無視して、ゼロが鹿倉の後頭部の髪を摑んだ。そして項の火傷痕を見て顔を歪める。

「こんな疵《きず》をつけさせやがって……」

口惜しそうに呟くと、ゼロが桐山に唸《うな》るような声で告げた。

「こいつは返してもらう」

「それは鹿倉刑事が望まないだろう」

「そんなわけねぇだろ」

後頭部の髪を摑まれたまま睨むまなざしを向けられて、鹿倉は強張る唇で答えた。

「俺は——やらなければならないことがある」

「なにをやるんだ？」

答えれば、ひとりで完遂できなくなる。黙りこんでいると、ゼロが目を眇めた。

「遠野絡みか。あいつもここの不可侵城にいるらしいな」

桐山がよけいなことをゼロに教える。

「今夜、鹿倉刑事は遠野亮二と会う。そうだな。晩餐《ばんさん》がいいか」

ゼロの黒々とした眸が底光りする。

「そういうことか。なら、俺も同席する」

鹿倉はゼロの胸ぐらを摑むと、間近から睨み据えて低い声で命じた。

「お前は来るな」

その鹿倉の様子で、ゼロは今夜、ただならぬことが起ころうとしているのを察知したようだった。鹿倉を睨み返しながら桐山に言う。

「俺のぶんの席も用意しとけ」

桐山の「いいだろう」という答えに、鹿倉は愕然《がくぜん》とする。

ゼロ越しに憤りの視線を向けると、桐山が彼には珍しく愉しむ表情を浮かべていた。


二十三時を回ったころ、ようやく桐山がゼロを連れて部屋に現れた。

「晩餐の支度が調《ととの》った。李アズハルの主催だ」

鹿倉はコーナーソファから立ち上がりながら桐山に拳銃のことを尋ねようとし、口籠《くちご》もった。

ゼロには目的を知られたくない。どうにかして、実行する前に彼を晩餐の席から外させるつもりでいた。

そんな鹿倉の逡巡《しゅんじゅん》を見透かしているだろう桐山が、さらりと言う。

「小型拳銃なら用意した」

ゼロは瞬時にすべてを理解したのだろう。

険しい表情で桐山へと手を差し出した。

「そういうことか。俺がヤるから、よこせ」

「勝手なことをするな…っ。煉条もいるんだ」

遠野を殺害した人間はかならず煉条に殺される。さすがに一丁の拳銃でふたりまとめて始末するのは無理だ。

桐山はジャケットの内ポケットに手をやると、カードぐらいの大きさの黒い長方形の物体をふたつ取り出した。

「争う必要はない。二丁用意してある」

ゼロが「ライフカードか」と苦い顔をする。

「市場に出回っているライフカードより格段に性能がいい」

桐山が言いながらふたりにひとつずつ、それを手渡す。

ライフカードは主に護身用に使われる、折りたたみ式の超小型拳銃だ。鹿倉は仕事で押収したことはあったが、使用した経験はなかった。

厚みのあるカードを真ん中で割り開いて、銃の形状にしてみる。瞬時に展開して撃つことができる作りになっている。しかしいくら威力を増しているとはいえ単発銃だ。銃身に予備の弾丸がはいっているものの、現場で装填《そうてん》することはまずできないだろう。一発勝負になる。

弾丸を確認するとホローポイント弾だった。体内で炸裂する仕様で、殺傷力が高い。

ゼロがクッションに向けて一発撃ち、下のソファの破壊具合を確認する。

「とりあえず性能には問題なしだな。できるだけ近距離から撃つに越したことはないが」

鹿倉も試し撃ちをして感覚を確かめ、新たな弾丸を装填した。

桐山が近づいてきながら言う。

「李アズハルには話を通してあるから、ボディチェックはクリアできる。ただし、ふたつのルールをもうけた」

「どんなルールだ？」

ゼロが警戒に濁った声で尋ねると、桐山がゼロへと視線を向けた。

ふたりの視線が交わると、異様な圧力があたりに生じる。

「ひとつ目は、遠野を殺したほうはその場で死んでもらう。殺せなかったほうは生きてこの城から出ることを保証する、というものだ」

それは初めから覚悟のうえだ。むしろひとりは生きてここから出られることを約束されるというのは、意外な光明だった。

鹿倉の横でゼロが促《うなが》す。

「ふたつ目のルールは？」

「間違ってでも煉条を撃ったら、どちらが撃ったとしても、ふたりとも死んでもらう」

「……なんだ、それは」

「李アズハルの晩餐の席を血で汚すのだから、この程度は受け入れてもらおう」

銃を折りたたみながら鹿倉は胸で呟く。

――神のつもりか。

常に高みから、人間たちがどう動くのかを観察している。

李アズハルは遠野にこれまで多大な便宜を図ってきて、目をかけている様子だったが、こうしてあっさりと彼を獲物とする血なまぐさい舞台を提供するのだ。

桐山と李アズハルは、そういうところがよく似ている。

人としての道理や軸《じく》が欠落しているのだ。

――……それとも。

あぶくのように浮かび上がってくる違和感があった。

もしかすると、なにか自分に見えていない要素があり、桐山も李アズハルもそれを軸に動いているのだろうか？

だが、それを見極める暇《ひま》も必要性もない。いまはよけいなものは削《そ》ぎ落《お》として、目の前のことだけに集中するのだ。

桐山が部屋のドアを開けながら告げた。

「晩餐を愉しもう」

どっしりとした長いテーブル。

そのうえには青い花が等間隔《とうかんかく》に飾られ、三又燭台《みまたしょくだい》が置かれている。

シャンデリアと蠟燭《ろうそく》の明かりを映す巨大な窓には、ネオンカラーの夜景が室内の様子と二重写しになって広がる。

桐山に示されて、鹿倉とゼロは窓のほうを向く椅子に並んで腰を下ろした。最上階にある李アズハルのプライベートスペースであるため、仮面は不要とされた。

テーブルには短辺に一脚ずつ、長辺に二脚ずつの椅子が配置され、サービスプレートやカトラリーは六人ぶんセットされている。

ほどなくして、遠野と煉条が入室した。

とたんに室内の空気が鋭く張り詰める。

桐山が立ち上がりながら遠野に声をかけた。

「急な招待に応えてもらって感謝する。遠野さんはそちらの席に」

夜景を背にするかたち、鹿倉の前に遠野が、ゼロの前に煉条が座る。

背の高い三又燭台越しに四白眼がこちらを見る。

——……遠野亮二。

鹿倉は遠野を半眼で見返しながら、座るときに椅子のうえに置いた小型拳銃の存在を腿の裏で感じていた。すでに展開してあり、取り出せばすぐに撃てるようになっている。

最後に李アズハルが現れ、桐山の向かい側の短辺の席に着いた。そして、手で軽く空気を掻きまわす仕草をした。

『ずいぶんと刺々《とげとげ》しい空気ですね』

桐山が英語で李アズハルに謝意を表す。

『本日は無理なお願いを聞いていただき、心から感謝いたします』

『気にしないでください。刺激的で興味深い晩餐をご一緒できて、私も嬉しいです』

柔和《にゅうわ》な表情で、李アズハルがひとりひとりを見回す。そしてゼロのうえで視線を止めた。

『あなたとは、じかに会ってみたいと思っていたのです』

ゼロが日本語で「それはどうも」と無表情に返す。

六つのグラスに食前酒が注がれると、李アズハルがグラスを軽くもち上げた。

「最後の晩餐にならんことを」

意外なほど流暢《りゅうちょう》な日本語での際どい言葉に、鹿倉は虚を衝《つ》かれたものの、すぐに極限まで気を引き締める。

誰かの最後の晩餐になるべく、死のカウントダウンが始まったのだ。

料理はフレンチのコースで、まるで宝石を寄せ集めたかのように華やかな色合いのジュレからスタートした。

胡弓《こきゅう》が奏《かな》でるクラシック音楽がゆるやかに流れるなか、ひとりひとりの思惑《おもわく》がそこに溶け出て、空気を粘《ねば》つかせていく。

鹿倉は心肺に強い圧迫感を覚えながら、目的を完遂できる手段とタイミングを見極めようとしていた。

燭台が邪魔ではあるものの、それは遠野の目からこちらの動きを隠してもくれる。

ただ、左斜《ひだりなな》め前に座っている煉条から鹿倉へは視界が通っていた。わずかな鹿倉の動きも、煉条は見逃さないだろう。

遠野を護るためならば、煉条は平気で盾《たて》になる。しかしもし煉条を撃ったら、自分もゼロも終了なのだ。

あらゆるシミュレーションを高速で頭のなかで回しながら、同時に鹿倉は意識を左隣に座るゼロに割《さ》きつづけていた。

――絶対に、ゼロより先に動かないとならない。

実戦を積んできたゼロのほうが、自分よりも格段に成功率は高いだろう。

しかもゼロの席からだと、煉条からは見えづらく、遠野へは視界が通っている。

――ゼロに実行させたら、ゼロは生きてここから出られない。

それだけは阻止《そし》しなければならなかった。

地獄を覗いて、変われた気になっていた。

いまの自分は遠野亮二を消すためならば、なんでもできる。必要とあらば、煉条や他人の命を巻き添えにすることも選択できる。そんなふうに思いこんでいたのだが。

――ゼロを死なせることだけは、できない。

彼は生きつづけなければならないのだ。

エンウという巨大な傘を維持《いじ》できるのは、彼だけだ。無戸籍児だけではない。ゼロは外国人技能実習生たちをも救ってきた。自分が救えなかったベトナムの少女を、ゼロは救ってくれた。これからも、ゼロは公的には見ないふりをされる者たちに、手を差し伸べていくだろう。

――だから……。

鹿倉はかすかに唇を震わせた。

――違う。俺が、どうしてもゼロを死なせたくない。本当は、ただそれだけだ。

もうそれは理屈ではなく、本能そのもののような願いだった。

ふと、煉条と目が合った。

マグマのごとき殺意を視線を通して流しこまれ、脳を焼かれるような感覚が起こる。

煉条と遠野はおそらく、この場の趣旨《しゅし》を聞かされていないだろうが、「最後の晩餐」というワードだけで察するに充分だったに違いない。

遠野もまた感電しそうなほどのビリビリとした空気を放っている。いまにも手にしているナイフで、逆にこちらの命を獲《と》りに飛びかかってきそうだ。

長いテーブルに渡された横糸がいまにも弾け切れそうなほど張り詰めているのとは裏腹に、縦糸のほうはなごやかにたわんでいる。

『資本主義の欠点は、幸運を不平等に分配してしまうことだ。社会主義の長所は、不幸を平等に分配することだ』

李アズハルが言うと、桐山がワインを片手に返す。

『ウィンストン・チャーチルですね。純粋な社会主義も共産主義も成立せず、また資本主義も歪《ひず》みが限界点に来ています。人間が人間である以上、理想郷もまた巨大ビジネスの種になり、新機軸のマッチポンプに堕《お》ちます。そして、お馴染みの対立構造を生み出します』

『対立が生むエネルギーがなければ、人類は存続し得ないのかもしれません』

桐山の言葉に、李アズハルが人差し指で宙に上昇する螺旋《らせん》を描く。

『対立はそれが悲惨なものであれ、変化と新たなバランスをもたらします。ただし、対立する者たちの力が離れすぎている場合は、変化するエネルギーは封じられ、停滞します』

『停滞は、かならず腐敗を呼びこむ』

『ええ。世界の上昇を阻《はば》む蓋について、ずっと考えているのです』

口先だけのようにも、深意があるようにも受け取れる、なまなましさのない会話だ。

テーブルをよぎる縦糸と横糸が乖離《かいり》しすぎていて、まるで不協和音が鳴り響いているかのような空間と化していた。

コース料理を機械的に口に運びながら、遠野と煉条とゼロのわずかな動きも見逃すまいと、鹿倉は意識の触手を伸ばしつづける。

煉条がテーブルに片肘《かたひじ》をつき、ナイフを舐めながらこちらをまっすぐ睨んできた。

その瞬間、張り詰めていた空気がわずかに揺らいだ。煉条の意識が鹿倉に向いているいまが遠野を狙うチャンスだとゼロが判断したのだ。

ゼロの右手が動くのが視界の端に映る。

「あ…」

鹿倉は左手にもっていたフォークを取り落としたふりをして、テーブルの下で素早くゼロの右手首を摑んだ。

視線で咎《とが》めてくるゼロに、鹿倉もまた必死に視線で訴《うった》える。

——俺が撃つ。お前には絶対に撃たせない。

しかしゼロは視線を外して、鹿倉の手を振りほどいた。

給仕が落ちたフォークを回収して、新たなフォークをテーブルに置く。

「なんだか、ねぇ?」

ナイフを手にしたまま煉条が椅子から立ち上がった。

そして、遠野の真後ろに立つ。

「煉条はお前たちを殺したい」

ゼロをナイフで示す。

「お前は前にコンテナで煉条を殺そうとした」

ナイフが今度は鹿倉へと向けられる。

「お前は遠野を殺したがってる」

そして煉条は、ねだる色っぽい視線を李アズハルへと向けた。

「殺して、いーい？」

すると、李アズハルが日本語で返した。

「あなたが望むなら」

「やったぁやったぁやったぁ」

次第に声を大きく張りながら、煉条が跳躍《ちょうやく》してテーブルへと飛び乗った。蹴られた燭台が宙に飛び、シャンデリアにぶつかる。

大きく光が揺れる。あたかも荒れた海に浮かぶ船のなかにいるかのようだ。

鹿倉は腿の下の銃を摑み出すと、立ち上がりながら銃口を遠野へと向けた。妙に頭のなかがシン…としていて、狙いがぴったりと定まる。

——獲れる。

トリガーにかけた指に力を籠めていく。銃弾が飛び出す直前、身体が横に吹き飛んだ。手から銃が離れ、銃弾は天井へと逸れた。

煉条に妨害《ぼうがい》されたのかと思ったが、床に倒れた自分のうえに覆い被さっているのはゼロだった。

「ダメだ、陣也《じんや》」

押し殺した声でそう言ったかと思うと、ゼロがバッと身体を起こし、テーブルのうえから飛びかかってきた煉条の腹部に左の拳を叩きこんだ。そうしながら、右手を遠野へと向ける。その手に銃が握られているのを見た瞬間、鹿倉は本能に衝き動かされるままにゼロの右腕に飛びついた。

煉条が哄笑をあげながら、鹿倉とゼロに突進してくる。

ゼロが咄嗟《とっさ》に煉条へと銃口を向けかけ、——手を開いた。銃が床に落ちる。

リミッターが外れた煉条相手に、ふたりがかりで応戦する。それでも防戦になりがちで、鹿倉は幾度もテーブルに身体を打ちつけられた。

煉条にとっては、自身を殺そうとしたゼロよりも、遠野を殺そうとしている鹿倉に対する憤《ふん》怒《ぬ》が、格段に大きいらしい。次第に鹿倉へと攻撃を集中しだす。

——そういうことなら、俺に引きつける。

よけいな手を出すなと視線でゼロに伝え、鹿倉は反撃に力を割くのをやめ、攻撃を受け入れつつダメージを最小限にすることに全力を傾けた。

煉条の動きを読み、その流れにこちらから乗るのだ。左から拳が飛んでくるなら、みずから右へと身体を流し、掌底《しょうてい》で胸を突かれるときは先に身体を後ろに飛ばす。

それにより、煉条は手応えが薄いまま全力で暴れまわることになり、少しずつ動きが鈍くなっていく。

ゼロは鹿倉の意図をしっかり読み取り、いまだというときに煉条に背後から跳び蹴りを食らわせた。煉条がうつ伏せに床に倒れると、ゼロがその背に被さって喉を腕で締め上げる。

ずっと椅子に座って観戦していた李アズハルが立ち上がった。

ゆったりとした足取りで近づいてくる。そして床に落ちている、ゼロが手にしていた銃を拾い上げた。まだ弾が一発残っている。

その銃口がゼロへと向けられた。

床に片膝をついて息を切らしていた鹿倉は、まろび寄って、李アズハルとゼロのあいだに身体を入れた。

青い目と視線がぶつかると、頭のなかがスパークするような感覚が訪れた。

柔和な皮の下に、李アズハルは底知れぬものをかかえている。だからこそ彼は、世界の支配者層を飼い慣らす化け物になり得たのだ。

そのことが、強烈な衝撃として理解されていた。

李アズハルの右手がすーっと上げられ、トリガーを引いた。

シャンデリアが砕けて飛び散り、暗くなる。蠟燭の火もすでに消されていたため、ネオンカラーの夜景ばかりが毒々しい鮮やかさで浮かび上がる。

その街に満ちるエネルギーを逆光にして、李アズハルが静かに宣言した。

『タイムオーバーです。晩餐にお越しくださり、ありがとうございました』


「このまま駐車場に行く。それぞれ帰るべきところにまっすぐ帰ることだ」

最上階専用のエレベーターに乗りこむと、桐山は鹿倉とゼロにそう告げた。

「帰って、いいのか？」

曲がりなりにも桐山は鹿倉を買うために十六億円ぶんの借りを李アズハルに負ったのだ。自由にするとは思っていなかった。

ゼロが訝しそうに言う。

「なんでこいつの許可がいるんだ？　俺たちはゲームに――少なくとも負けなかった」

生死のラインでは負けなかったが、千載一遇《せんざいいちぐう》のチャンスを逃した。……逃す選択をせざるを得なかった。

口惜しさに身を震わせると、ゼロが手を握ってきた。その手指は熱い。

――生きてる……ゼロは生きてる。俺も、生きてる。

それが実感として染み渡り、ゼロの手をきつく握り返す。

エレベーターの鏡越しに桐山に観察されているのはわかっていたが、手を離すことができなかった。

李アズハル専用の駐車場には、リムジンがずらりと並んでいた。

鹿倉とゼロはそれぞれ別のリムジンへと乗せられ、桐山は鹿倉のリムジンに一緒に乗りこんできた。

煉条との激しい格闘のせいで、身体中が泥《どろ》に沈みかけているような感覚で、いまさらながらに背中の火傷痕が激しく痛んでいた。

けれども意識は興奮状態に留め置かれて、過剰《かじょう》に冴えている。

長いシートに離れて座ったまま、桐山が訊いてきた。

「もうわかっただろう?」

「……なにがだ?」

横目同士で視線が合う。

「君とゼロは、ともにいるべきではない」

「……」

「君はゼロに囚われ、ゼロは君に囚われる。それはふたりでいる限り、不自由で弱くなっていくしかないということだ」

もしあの晩餐の席に、自分かゼロのどちらかしか参加していなかったら、遠野をこの世から消すことができていたのではないか？

——俺たちは互いの動きを封じて、可能性を潰し合った。

正視したくなかった事実を突きつけられて、鹿倉は顔を歪める。

『闇しかない場所に光の点が生まれれば、俺はそれに囚われつづけることになる』

ゼロはかつて、そう言った。

それが不自由な枷をつけることだと、もしかするとゼロは初めからわかっていたのだろうか。

——俺は……わかってなかった。

少なくとも、自分がここまで深くゼロに心を囚われるとは思っていなかった。

桐山が淡々と言う。

「私と組んで正解だ。私は君に囚われることはなく、君もまた私に囚われることはない」

確かに、ゼロに囚われているように、桐山に囚われることは決してない。

車が停まる。

宿泊先のホテルの前に着いていた。

運転手がドアを開ける。

「困難なことを成《な》し遂《と》げるのに必要なものは、狂気と冷徹さだ」

車を降りるとき桐山にかけられたその言葉が、背に重く圧《の》しかかってきた。

深夜一時過ぎだったが、ホテルの部屋のベルを鳴らすとすぐドアが開いた。

早苗の顔がみるみるうちに紅くなって、無言でしがみついてきた。そのまま眼鏡を曇らせて涙と鼻水で顔をでろでろにする同僚の肩を抱いて、鹿倉は部屋にはいる。

ベッドに座らせてティッシュボックスを膝に置いてやると、早苗が鼻をかみ、眼鏡を外して顔を拭った。しかし拭う先から、また涙が溢れ出してくる。

鹿倉は向かい合うかたちでもう片方のベッドに腰掛けた。

「ど、どうやってでも、鹿倉さんを、行かせるんじゃ、なかったって」

早苗が苦しそうに吐露《とろ》する。

「二度と、会えなかったら、一生、死ぬまで……後悔してました、っ」

そこまで言ってから、早苗が血相を変え、ベッドからずり落ちるようにして床に両膝をついた。そして両手でグッと鹿倉のスラックスの脚を摑む。

「も、もうどこにも行きませんよね？　今日、僕と帰国しますよね？」

「ああ、予定どおり帰国する」

早苗の目からまた涙が噴き出す。

一方的に自分の計画に巻きこんで、早苗を追い詰めてしまった。

「悪かった」

「本当ですよ」

「ありがとうな」

ふわっとした髪の毛に掌を置くと、早苗が恨《うら》みがましい顔をした。

「誤魔化そうしても、無駄ですからね。たっぷりお返ししてもらいますから」

8

笹団子のストラップのついた鍵で、マンションのドアを開ける。

鹿倉《かぐら》はリビングを抜けて、脱いだジャケットと外したネクタイをソファに投げて、ベランダに出た。六月の、湿気った夜の空気を吸いこむ。

マカオから帰国して三週間がたっていた。

相澤《あいざわ》・染井《そめい》チームも先週帰ってきて、マカオのＩＲ絡みの投資詐欺の案件に、東界《とうかい》連合も噛んでいる証拠を摑み、マカオ警察と共同で動く運びになった。

今回のことから、東界連合は国内の半グレ集団という扱いから、国際的な犯罪組織として改めて認知されることになりそうだ。

ただ、日本人が人身売買されている件については、闇に葬《ほうむ》られた。

鹿倉は滝崎《たきざき》課長に、マカオの不可侵城《ふかしんじょう》地下四階で人身売買オークションがおこなわれており、売られている被害者は日本の不可侵城から調達されていると考えられることを口頭で報告した。

滝崎は苦渋に満ちた表情で「ストレートには手を出せない。いまはお前の胸に留めておいてくれ」と言ってきた。

不可侵城の案件に手も足も出ないのは初めからわかりきっていたので、鹿倉は無表情に「わかりました」と返した。

マカオの不可侵城は日本のそれの比ではない規模だった。

そして不可侵城は世界各国にあるのだ。そこでは犠牲者が日々大量に生み出されている。

鹿倉はベランダから空を見上げる。

都会の明かりに星はほとんど消されているが、しかし見えていないだけで、寒気がするほどの数の星が頭上には存在している。

それと同じように、日本の一般的なコクミンの目には映らないところには、目を覆いたくなることが溢れているのだ。

そんななかで、自分のできることはないに等しいのかもしれない。

――それでも、手を伸ばせる範囲のことだけは、やり遂げる。

そう決意して、鹿倉は眸を曇らせる。

『君はゼロに囚われ、ゼロは君に囚われる。それはふたりでいる限り、不自由で弱くなっていくしかないということだ』

桐山《きりやま》の言葉は杭《くい》となって、胸に打ちこまれた。

――……俺は、ゼロを不自由にしてる。

それは、あってはならないことだ。

――俺たちは、互いがいれば満たされる恋人同士じゃない。

そう思うのに、新潟《にいがた》で過ごした贅沢な時間が頭をよぎる。……ふたりきりで旅館にいた自分たちは、満たされていたのではなかったか？

「ダメだ。囚われるな……」

甘い靄に包まれたがる自分が、確かにいた。

だがそれは抹殺《まっさつ》しなければならないものなのだ。

玄関ドアの鍵が開けられる音がする。

いまゼロは――揃いのストラップのついた鍵を手にしているのだ。

鹿倉はベランダからリビングにはいると、窓は開けたままカーテンだけを閉めた。

現れたゼロがまっすぐ近づいてきて、目の前に立つ。

「俺からの呼び出しを五回もトバしたな」

咎《とが》められて、答える。

「忙しかったんだ」

「忙しいのはいつもだろう」

本当はこの日を迎えたくなくて、先延ばしにしていたのだ。しかし、いつかは迎えなければならない。だから覚悟を決めて、今日は自分からゼロを呼び出した。

「それで、あいつとは、どうなってるんだ？」

ゼロに問われて、てっきり桐山のことを言われているのだと思ったが。

「李《リ》アズハルに買われたのは聞いてる」

鹿倉は淡く瞬きをして、理解する。

マカオの不可侵城にもエンウメンバーがはいりこんでいるらしかったが、鹿倉が李アズハルにオークションで落札されたという情報は得られても、李アズハルが桐山の代理として落札したことまでは知り得なかったのだろう。

――それなら、李アズハルが所有者だと思わせておいたほうがいいか。

桐山とのことは、ゼロを無駄に刺激させることにしかならない。

「カジノ王の気まぐれだ。彼に俺をどうこうしようという気はないらしい」

「……気まぐれだからこそ、今後なにを要求してくるかわかったもんじゃねぇけどな」

肩を摑みながらゼロが顔を覗きこんでくる。

「なにかあったら絶対に、すぐに俺に言うんだぞ」

――……まずい。

眸が揺れるのを誤魔化すために、鹿倉はゼロのライダースジャケットの胸ぐらを摑んだ。

厚みのある唇に、唇を叩きつける。

一瞬の間があってから、ゼロが唇にむしゃぶりついてきた。口のなかに舌を突き入れられる。

熱い舌に粘膜を掻きまわされて、鹿倉は腰を震わせる。

上唇をめくりながら舌を抜いたゼロは、怒ったような紅い顔をしていた。

「俺とはやらないんじゃなかったのか？」

鹿倉はゼロの足首に足を引っかけて払い、彼を倒した。

床に仰向《あおむ》けになった男に覆い被さる。

「黙ってろ」

今度は自分から舌を挿入《そうにゅう》する。

主導権を握るつもりが、しかし舌を吸われ、舐められ、噛まれ、気がついたときには口から身体中に強烈な痺れが回っていた。

顔を上げようとするのに、舌を解放してもらえない。

スラックスからワイシャツの裾を引き出され、背中の素肌をゼロの両手が這いまわる。

首や背中の火傷痕はおおむね、わずかな変色をまだらに残す程度だったが、左右の肩甲骨の

ところはケロイド状になっていた。

ゼロの指先がその引き攣れたところに触れて止まった。

舌にきつく舌を押しつけられながら、そこをなぞられていく。

「ん……ふ」

身体が異様に熱くなって、鹿倉は自分のスラックスのベルトを外して下着の前を押し下げた。

長く反り返ったものがぶるんと弾み出る。

朦朧《もうろう》となりながら、続けてゼロの革のパンツと下着を引き下ろす。

すでに限界まで張り詰めて濡れそぼっているペニスに、ペニスを擦りつける。

――ああ……。

同じほど互いを欲していることに、頭が激しく痺れる。

自分たちは連動しているのだ。

マカオの不可侵城の最上階で、自分がゼロに銃を撃たせなかったときの気持ちは、おそらくそのままゼロの自分に対する気持ちでもあったのだろう。

――……だからこそ、俺たちは。

ゼロの手が背中をまっすぐ這い下りて、スラックスの後ろ側から滑りこむ。そのまま臀部の狭間へともぐり、ヒクついている後孔の襞に指が侵入する。

「っ、ん」

密着している二本のペニスが激しくくねる。

自分の欲求とゼロの欲求がひとつになっているのがわかり、鹿倉はゼロに舌を嚙まれたまま手足を使ってみずからのスラックスと下着を脱いだ。下半身は靴下だけを身につけた姿で、両膝をつき、ゼロの下腹部に跨がる姿勢になる。

ゼロの指が内壁から抜けるのと同時に、大きく張り詰めた先端がぐにっと襞を圧した。ほぐれていない場所をゴリゴリと押し拡げられながら、同時に鹿倉もまたそこに体重をかけていく。

自分から拒んでおきながら、こんなにも狂おしいほどゼロを求めつづけていたのだと、ずぶずぶと繫がっていきながら思い知る。

早くも収斂《しゅうれん》して貪欲《どんよく》に絡みつく粘膜に、ゼロが低い呻《うめ》き声《ごえ》を漏らす。

「なぁ、陣也《じんや》」

完全に腰を落としきって、それだけで身体を芯からわななかせる鹿倉の顎《あご》を下から摑んで、ゼロが脅すように目を眇《すが》める。

「お前は俺じゃなきゃダメだろう、なぁ？」

そのとおりだ。ゼロとでなければこの強烈な充足感は得られない。身も心も埋められるのはゼロだけだ。

それを言葉にしてすべて叩きつけてしまいたい渇望を捻《ね》じ伏《ふ》せて、鹿倉は腰を振ろうとする。

けれども久しぶりなせいか、それとも深く結合したところがわずかも離れたがらないせいか、うまく動けない。

もがく鹿倉をキスで宥《なだ》めながら、ゼロが下から腰を揺らしだす。

「ん…ん――ん」

まるでなにかを告白しているかのような甘い音が、喉から漏れて、止まらなくなる。

唇と性器で繋がりながら、次第に切羽詰まった動きで互いに身を揺すりあう。

焦燥感ともどかしさと――ずっとこのままでいたいという願いが、入り混じる。

絶頂感というよりは、それらの思いに突き落とされるように射精すると、体内のペニスも思いを漏らすように爆ぜた。

果てながらも、どちらも動きを止めず、そのまま区切りもなく行為が続いていく。

カーテンが風を孕《はら》んで膨らむ。

わずかにめくれた裾から床で絡むふたりへと、雨の気配が吹きつけられた。


鹿倉は、真っ暗な瞼の裏を見詰めていた。

もう少しだけ、こうして腹部に置かれている男の腕の重さを感じていたいけれども、そうしたらもう動けなくなる気がする。

だから無理やり目を開けた。

視界は暗く、すぐ隣にいるゼロの輪郭ぐらいしか見分けられない。

ベッドから下りようとすると、手首を摑まれた。

表情が見えないなか、ゼロが寝ぼけ声で訊いてくる。

「どこに行く?」

「そこのコンビニでコーラを買ってくる」

「そうか。俺のもな」

「ああ、わかった」

ゼロの体液がこびりついた身体に衣類をつけて、玄関に向かう。靴を履いてから数秒動けなかったが、なんとか足を動かす。

ドアを閉めて施錠し、鹿倉はドアポストに鍵を入れようとして、動きを止めた。

手のなかの鍵を見詰める。


マンションから出ると、小雨が降っていた。

まだ夜は明けていない。

鬱蒼《うっそう》と葉を茂らせている目黒川《めぐろがわ》沿いの桜並木の下を歩きながら、鹿倉は鍵を失って軽くなったちゃちなストラップを、きつく握り締めていた。

獣はかくして
分からせあう
Kemono wa kakushite
wakaraseau

1

ホーチミンから成田空港に着くと、鹿倉《かぐら》はその足で早苗優《さなえすぐる》とともに霞《かすみ》が関《せき》に向かった。警視庁本庁で組織犯罪対策部国際犯罪対策課の滝崎《たきざき》課長に口頭で報告をおこなってから書類を作成していると、相澤《あいざわ》が声をかけてきた。

「この三ヶ月で、ドバイとベトナムの組織を潰《つぶ》して、八面六臂《はちめんろっぴ》の大活躍《だいかつやく》だな」

「もっとペースを上げないと追っつきません」

キーボードを打つ指を加速させながら返す。

「おいおい、鹿倉。実際のお前の頭は八個もないし、腕も六本もないんだぞ」

「それでも、あっちは千手《せんじゅ》観音なんで」

東界《とうかい》連合に与《くみ》する外国人犯罪組織は日々、増殖《ぞうしょく》している。

いまの状況は、遠野亮二《とおのりょうじ》を本体とする千手観音の腕をもいでまわっているようなものだ。しかも、肝心《かんじん》の遠野は六月のマカオを最後に行方《ゆくえ》をくらましていた。またどこかの国の不可侵《ふかしん》城《じょう》で李《り》アズハルに匿《かくま》われているのだろう。

相澤がピリつく空気をやわらげようと、のんびりした口調で訊《き》いてくる。

「そういや、俺の弟子《でし》はどうした？」

「早苗は体調が悪いんで帰らせました」

「あいつは命がけでお前の金魚の糞《ふん》をやってるな」

「ひとりで行動させてもらったほうが、よっぽど効率がいいんですが」

少し間があってから相澤がひとり言《ごと》っぽく呟いた。

「勢いが戻ったのかと思って見てたが、どうやら前とは違うみたいだな」

エンターキーを無駄に力を入れて叩いてから、鹿倉は横目で中堅《ちゅうけん》刑事を見上げた。

「俺は前に戻っただけです」

三ヶ月前まで自分の足を引っ張っていた「迷い」は消えていた。

ただ遠野亮二と東界連合を削《けず》るための機械となって、動けている。

相澤がおどけたように肩をすくめる。

「前からドライなところはあったけど、そんな砂漠みたいにカラカラに乾いてなかったぞ」

砂漠という言葉を聞いたとき、炎天下の砂漠ではなく、二ヶ月ほど前にドバイで目にした青い月明かりに染まる夜の砂漠が頭をよぎった。

腹の底に、冷たくて硬いものがある。

出張用のビジネスバッグを肩にかけて警視庁を出る。

電車には乗らずに、夏の匂いが消えかけた夜風を受けながら神谷町《かみやちょう》のマンションまで歩く。

尾行《びこう》されているのがわかった。官庁街に馴染んでいるからにはカタワレだろうか。

マンション近くの路肩に、黒いセダンが停められていた。近づいていくと、その後部座席のドアが開いた。

降車しようとするスリーピース姿の東京地検特捜部長に、鹿倉は自分から歩み寄った。そしてその胸ぐらを摑んで、桐山《きりやま》が立ち上がりきる前に顔を重ねた。

肉の薄い唇に五秒数えながら唇を押しつけてから、踵《きびす》を返してマンションにはいる。

エレベーターホールで横に並んできた桐山は、彫りの深い顔になんの表情も浮かべていない。

鹿倉も同様に無表情のまま、到着した箱に乗りこむ。

六階の自分の部屋のドアを解錠《かいじょう》すると、桐山もはいってきた。

桐山はジャケットを脱いでそれを壁のハンガーにかけると冷蔵庫からミネラルウォーターを取り出し、ソファに腰掛けてスマートフォンを手にする。

鹿倉はバスルームにはいり、シャワーを浴びた。

Tシャツとスウェットパンツを身につけて、濡れた髪をタオルで搔《か》きまわしながらリビングに戻る。そうして新たなミネラルウォーターを冷蔵庫から出して、掃《は》き出《だ》し窓の横に置いてあるスツールに腰を預けた。

ちらと桐山が一瞥《いちべつ》だけこちらに投げて、視線をスマホへと戻す。

「情報は有効活用しているようだな」

実質的には東界連合の傘下《さんか》にはいるかたちで、日本人をターゲットとした犯罪を繰り返していたドバイやベトナムの犯罪組織の情報を流してきたのは桐山だった。

桐山は、ゼロと関係を断って自分と手を組めば遠野亮二を潰すのに手を貸すと約束し、そのとおりに動いている。

「確かに東界連合を削ることはできてる。だが、遠野本人の情報がない」

「遠野に関することは慎重《しんちょう》に進めている。そもそも私が用意した最高の舞台を、くだらない恋愛感情で潰したのは君だ」

「……恋愛感情は、クソの役にも立たない」

桐山がスマホから目を上げ、精査するまなざしで訊いてくる。

「ゼロとは完全に切れたのか?」

「ああ」

「尾行者にわざとキスを見せつけて、未練を煽《あお》りたいのかと思ったが」

「俺のいまのパートナーが誰かをわからせただけだ」

だが桐山との関係は、ゼロと結んだものとはまったく違う。

ゼロとは互いを飼《か》い合い、リスクを負《お》い合い、囚《とら》われ合った。

あの心身が熟《う》むような高揚感《こうようかん》、ぐずりとだらしなく蕩《とろ》ける心地よさ、相手へとどこまでも近づいてその世界に取りこまれてしまいたくなる焦燥感《しょうそうかん》、——ともすれば目的すら見失うほどに。

自分がゼロに対してそうであるように、ゼロもまたそういう状態に陥《おちい》りつつあった。

マカオでの「最後の晩餐《ばんさん》」で、それがわかったからこそ離れなければならなかったのだ。

――なにもかも桐山の思う壺《つぼ》だ。

それ自体は面白《おもしろ》くないものの、ゼロと自分の関係性が致命的なものだと炙《あぶ》り出《だ》した彼の手腕《しゅわん》は認めざるを得なかった。

桐山特有の悪趣味と潔癖《けっぺき》さは利用できる。

しかも、いざとなったときに自分は桐山をなんの感情も動かさずに見殺しにできるのだ。いや、むしろそうなったら安堵《あんど》すら覚えるだろう。

エンウのリーダーがゼロであることも、ゼロの出自も、桐山がこの世から消えれば隠しやすくなる。

そんなことを目を伏せて考えていると、視界に桐山の脚がはいってきた。

項《うなじ》を摑まれてスツールから立たされる。

「手をつけ」

抗《あらが》いもせずに、カーテン越しに窓に両手をつく。

耳の縁《ふち》を舐《な》められ、薄い舌を耳腔《じこう》に挿《い》れられる。湿った音が頭のなかで反響する。項をしゃぶられながらTシャツの裾《すそ》をたくし上げられて、火傷《やけど》の変色がまだらに残る背中を露《あら》わにされる。そこに桐山の舌が這《は》いまわり、下降していく。

スウェットパンツと下着を膝まで下ろされる。桐山が床に膝をつく。脚を摑まれて肩幅《かたはば》に開かされた。

尾骶骨《びていこつ》と尻《しり》を舐《な》めた舌が、狭間《はざま》へと這いこむ。

襞《ひだ》をくにくにとくじられ、そこに細めた舌を沈《しず》められる。

ただ、腹の底にある冷たくて硬いものを鹿倉は感じていた。

桐山の指が、萎《な》えたままのペニスをなぞる。

生理的な反応すら起こらない。嫌悪感も別になく、無関心だけがある。

『前からドライなところはあったけど、そんな砂漠みたいにカラカラに乾いてなかったぞ』

相澤の言葉が思い出される。

ゼロと決別したときに、湿ったやわい部位は切り捨てられたのだろう。

リアルに想像してみる。いま自分の手にはフォールディングナイフが握られている。それをひと振りして出した刃《やいば》を、そのまま桐山の首に突き立てる。そのなまなましい感触まで思い描く。

自分のなかを観察してみる。

波紋《はもん》のひとつも起こらない。

おそらくいまの自分は、必要か不必要かだけでそれを遂行《すいこう》するのだろう。

そんなシミュレーションをしているうちに、ふと思いついた。

――そうか。その手があるか。

遠野亮二を消して生き残れた暁《あかつき》には――生き残れるのは奇跡レベルだろうが――、桐山俊《しゅん》伍《ご》をこの手にかける。見殺しにするなどという消極的な方法ではなく、おのれの決断でそうするのだ。いまみたいに身体を投げ出せば、桐山の虚を衝《つ》くことは可能だろう。

とはいえ、これまで桐山には何度も裏をかかれて利用されてきた。計算どおりになど行くわけがなく、しかも遂行は確実に自滅を伴《ともな》うものになる。

……こうして昏《くら》い道筋を描いていくと、心から迷いが消え、なすべきことがくっきりと浮かび上がってくる。

現実的に自分の手の届く範囲のことを成し遂《と》げ、それによりゼロから危機を遠ざけるのだ。

そして、自滅した鹿倉陣也《じんや》に囚われることもなくなったゼロは、エンウを率《ひき》いて彼の闘《たたか》いを続ける。

自然と薄い笑みが頬に滲《にじ》む。

桐山の舌がさらに深くまで粘膜《ねんまく》を抉《えぐ》り、のたくっている。

冷たい硬さが全身に巡《めぐ》り、心身を侵食《しんしょく》する。

目を閉じると、夜の砂漠の記憶が起《た》ち上《あ》がった。

乾いた冷たい砂の暗がりに立ちつくし、隣に立つゼロの気配を感じていた……。

リビングから寝室のベッドに移動して、抗いもしなければ反応もしない鹿倉を桐山は今日も小一時間ほど舐めまわした。ただし、いつものように性器は避けた。桐山は嫌がらせの手段としての舐める行為を気に入っているだけで、相手に快楽を与えたいわけではないらしい。

それに相変わらず、鹿倉に奉仕を求めることもなかった。

煉条《れんじょう》にはフェラチオをさせていたが、あれは煉条という極上品が憎悪を滲ませる様子が気に入っているということか。

ようやく自分のうえから退《の》いた男に、鹿倉は全裸の身体を仰向《あおむ》けに投げ出したまま尋ねた。

「俺をゼロから引き離した本当の目的は、なんだ？」

それは違和感としてずっと心にあった。

「俺には特捜部長と組むメリットがあるが、そっちには一介《いっかい》の刑事と組むメリットはない」

ゼロとの関係はギブアンドテイクであり、利害関係ががっちり一致していた。

だが桐山からは一方的に情報を与えられるだけだ。

唾液《だえき》まみれの身体を起こして、鹿倉はベッドヘッドのケースから煙草《たばこ》を一本出して咥《くわ》える。火を入れて深く吸いこむと、桐山の匂いが押し流される。ほかの感覚は遮断《しゃだん》できるが、なぜか匂いだけは別ルートで感情に作用して落ち着かない気持ちになるのだ。

消えた桐山の匂いの代わりに、ゼロの香りが記憶のなかから立ちのぼって鼻の奥に漂《ただよ》った。

「私を選ぶのが正しいことだからだ」

「俺がゼロと組んでなかったら、選ばせたがらなかったんだろ？」

緩《ゆる》めていたネクタイを直しながら桐山が横目で見返してくる。

そのすべてを呑みこむ夜の沼のような黒い眸《ひとみ》にだけは、わずかに心を動かされる。

この男は、どうして自分を手許《てもと》に置くことに拘《こだわ》るのか。以前のように抗って愉《たの》しませること
もない鹿倉陣也を舐めまわすことに、なんの意味があるのか。

ずっと桐山に感じつづけている違和感。

その裏に一本通っているはずの道理を見透かそうとする。

「…………。まさか、お前の目的は」

ふと頭をよぎったことを言語化しようとすると、咥え煙草を口から奪われた。

桐山の唇が五秒触れて離れ、煙草を戻される。

寝室から出て行った桐山が戻ってくることはなかった。玄関ドアの開閉音が聞こえる。

鹿倉は考えこんだままバスルームへと向かった。頭からシャワーを浴びてから、煙草を咥え
たままだったことに気づき、それを床へと落とす。

インターホンのチャイムが聞こえた。

こんな時間に押しかけてくるのは早苗ぐらいのものだ——そう考えながら、淡い期待が胸を
よぎる。この三ヶ月で二回、真夜中にチャイムが鳴って、インターホンの画面にゼロの姿が映《うつ》

し出《だ》されたことがあった。

中目黒《なかめぐろ》のマンションの鍵《かぎ》を置いていったあと、鹿倉はいっさいのゼロからの連絡をブロックした。一方的な別れ方であったがしかし、鹿倉が感じたことは、そのままゼロも感じたことに違いなかった。

囚われ合うことで、目的を見失うわけにはいかない。

離れることで前に進めるのならば、それを選択しなければならない。

濡れた身体をタオルで軽く拭《ふ》きながらバスルームから出る。

壁に埋めこまれているインターホンの画面を、目の奥を硬くしながら確かめる。

映し出されたのは、早苗でもなければゼロでもなかった。

気弱げに微笑む糸目の男。

すぐに人の記憶から滑《すべ》り落《お》ちそうな三十路《みそじ》の男は、桐山の車をよく運転していた。ただの運転手のような風采《ふうさい》だが、鹿倉は前に一度だけ、この男――桐山からは「イトウ」と呼ばれている――のスーツの襟《えり》に、弁護士のひまわりの記章がつけられているのを見かけたことがあった。

鹿倉はインターホンの応答ボタンを押して「少し待て」と告げると、まだ水気が残る肌にTシャツとスウェットパンツを被《かぶ》せた。

ドアを開けると、気後れした様子でイトウが頭を下げる。

「桐山様がこちらにジャケットをお忘れになったそうで」

「え、ああ」

リビングに戻ってみると、壁のハンガーにジャケットがかけられていた。それを玄関で待っているイトウに手渡しながら軽く言う。

「らしくないな」

こんな忘れ物をするなど桐山らしくないという、ただそれだけの意味だったのだが。

「思い違いをなさらないでください」

イトウが微笑を浮かべたまま、ほとんど口を動かさずに声を発する。

「俊伍様はあなたになど関心をもたれていません」

玄関ドアが音もなく閉められて、イトウの姿が消える。

鹿倉は目をしばたたき、視線を宙に動かした。

「――俊伍様、か」

下の名前で呼ぶのが、本来の桐山とイトウの関係なのだろう。

思い返してみれば、不可侵城に行くときに桐山の車を運転していたのは、いつもイトウだった。

桐山の東京地検特捜部長という表の顔と、ヒ・コクミンという裏の顔。

その裏の顔を運営するためには手足となる者が必要なはずだ。

――もしイトウが黒子なんだとしたら、……あいつもゼロの秘密を知っているのか？

だとしたら、桐山と一緒にイトウも消し去らなければならないことになる。

2

二十三時をまわった下町のコインパーキングで、機器で精算をしながら早苗《さなえ》が言いにくそうに訊いてきた。

「昨日、マンションのエントランスで桐山《きりやま》検事と入れ違いになったんですけど……もしかして鹿倉《かぐら》さん、会ってました？」

ベトナムから帰国して一ヶ月のあいだに三回、桐山と会った。そして三回目の昨夜は、桐山が鹿倉の部屋を訪れた。

「覚えてないな」

そうぼそりと返して、鹿倉は先に覆面《ふくめん》パトカーへと向かう。

早苗のことはさんざん巻きこんできたが、これ以上は踏みこませないと決めていた。

ヒ・コクミンの奈落《ならく》に足を突っこんだ自分に引きずられてはならないのだ。

精算を終えた早苗が小走りに駆け寄ってきながら言う。

「覚えてないわけないですよね」

無視して車に乗りこもうとすると、早苗が深刻な顔で追及《ついきゅう》する。

「桐山検事とどういう関係なんですか？　マカオでのことも桐山検事が絡んでましたけど……

鹿倉さんの復讐《ふくしゅう》に、関係してるんですか？」

「お前には関係ない」

遮断《しゃだん》する口調で告げると、早苗が言い返そうと口を開きかけ――ハッとして視線を巡らせた。

「……いまの、悲鳴ですか？」

少し離れたところから女性の切れ切れの悲鳴が聞こえていた。

弾《はじ》かれたように走りだす早苗の後ろ姿を、助手席のドアに手をかけて立ったまま鹿倉は見やる。

早苗が途中で一度こちらを振り返り、怪訝《けげん》そうな顔をした。

「……」

鹿倉もまた道路へと走り出て、現場を特定できずにたたらを踏んでいる早苗を追い抜かした。

川沿いの遊歩道から争っているらしき物音がする。道路と遊歩道を結ぶ階段を駆け下りる。瞬時に、犯行現場がベンチの裏だとわかった。

夜のランニング中だったらしい服装の女性に、若い男が被さっている。

それを見ても感情は特に動かない。

ただ機械的に男に飛びかかり、腕を摑んで俯《うつぶ》せに地面に倒した。

「い、た――いだぃっ！　折れる、折れるぅ」

訴《うった》えを聞き流してさらに手に力を籠《こ》めていくと、早苗に強く肩を摑まれた。

「やりすぎですっ。違法逮捕《たいほ》になりますよっ」

「……、ああ」

力を調整して制圧だけを目的に切り替える。

地元警察に引き継ぎをして覆面パトカーに乗りこむころには、日付が変わっていた。

「気がつけてよかったですよね」

ハンドルを握る早苗の言葉に「そうだな」と口先だけで返すと、長い沈黙のあとに指摘された。

「本当は、助けなくてもいいって思ってましたよね？」

相変わらず、カワウソは鼻が利《き》く。

「マカオから帰ってきてから、ずっと変です」

――……変、か。

正確には、マカオから帰って、ゼロと離別してからだ。

桐山に触れられてもなにも感じないように、精神にも肉体にも冷たい鈍麻《どんま》が拡《ひろ》がっていた。

『困難なことを成《な》し遂《と》げるのに必要なものは、狂気と冷徹《れいてつ》さだ』

桐山が言っていた状態に近づいていているということなのだろうか。

以前の、目の前で起こっていることに目を瞑《つぶ》れないという感覚は喪《うしな》われていた。

「前の俺のことは忘れろ」

「っ、そんなことできるわけないじゃないですか」

嚙みついてくる早苗に、鹿倉は平板な声音で問う。

「なにが問題だ？　いまの俺だから些末《さまつ》なことに囚われずに、ベトナムやドバイの案件を最短で片付けられた」

矜持《きょうじ》も感情も捨て、桐山に好きなように舐めまわさせて情報を得て、遠野が世界の覇者《はしゃ》となるのを妨《さまた》げている。

そのことで組対《そたい》刑事としての仕事もはかどっているのだ。

「些末なことだって、警察官は目を瞑るべきじゃありません」

「言っただろう。俺は警察を辞める覚悟はできてる。ただ、遠野への私怨《しえん》を晴らすためには刑事でいるのが最適だから続けているだけだ」

「でも――」

言葉を継げなくなった早苗が黙りこむ。

見損なって呆《あき》れればいい。そうすれば早苗は判断を誤ることなく、鹿倉陣也《じんや》に巻きこまれずにすむ。

警視庁本庁の駐車場に駐《と》められた車から降りたとき、運転席で身を固めたままの早苗が絞《しぼ》り出《だ》すように呟いた。

「……でも、そんなの鹿倉さんじゃない」

ドアを閉めて、早苗の想いを遮断した。


昨夜の早苗との会話が、わずかに凝《こご》りとなって残っていたのかもしれない。

まだ太陽の気配もないうちに目が覚めたとき、鹿倉は胸にかすかな痛みを覚えた。少し体温が上がっている気がする。なにか夢でも見ていたのかもしれないが、覚えていない。

この四ヶ月は以前のように悪夢を見ることがなくなったどころか、夢すらも見なくなっていたのだが。

ベッドヘッドの煙草に手を伸ばす。

煙を深く吸うと気持ちが沈むように落ち着いていく。

「俺らしさなんて、どうでもいいだろ」

それが悪循環《あくじゅんかん》を生むことにしかならないのならば、そんなものは切り捨てればいい。どれだけ非人道的だと見なされようが、目的を達成できればそれでいい。

眉間《みけん》にきつく皺《しわ》を刻んで寝煙草で二本を吸い終えようとしたころ、ふと昨夜見た夢の断片が甦《よみがえ》ってきた。

あれは六本木《ろっぽんぎ》にある不可侵城《ふかしんじょう》に初めて行ったときの再現だった。

『なにがあっても揉《も》めるな。目を瞑れ。いいな？』

からかうようにゼロが言って、肉厚の唇でにやりと笑う。

『こらえ性《しょう》がなくて、すぐに噛みつきたがるからな』

とたんに胸が苦しくなって、鹿倉は咳《せ》きこみながら短くなった煙草を灰皿に擦《す》りつけた。

桐山の匂いは煙草で消せるが、記憶に焼きついているゼロの香りは煙草では消せない。いまも鼻の奥にほのかに苦いような香りが漂っている。それがさらなる記憶を刺激する。

ゼロにとっての鹿倉陣也は、自己満足の良心を振りかざす刑事だった。彼はそこに光を見て、迷惑をかけられながらも繋がることを選んだ。

「もう、俺は、違う」

ゼロが執着した光は、もう自分にはない。

だから、以前のような関係に自分たちが戻ることはない。

二度と触れ合うこともなければ、見詰め合うこともない。左手の側面を鹿倉は右手できつく押さえた。

新潟からの帰りの新幹線で、そこに触れていたゼロの右手。

「——」

ベッドのうえで身をこごめる。

冷たい硬さが腹の底からジワジワと全身に拡がってきて、やがて、やわい脆さを塗り潰していった。

3

日曜の早朝、スマホに桐山《きりやま》から連絡がはいり、その十分後にはイトウの顔がインターホンの画面に映し出された。

寝癖《ねぐせ》もそのままに、シャツとスラックスに着替えてセダンの後部座席に乗る。

「なんの用だ？」と尋ねても、イトウは答えなかった。

桐山が住むタワマン最上階のドアの前には、四人のスーツ姿の男が塑像《そぞう》のように立っていた。多国籍な顔ぶれだが、いずれも隙のない雰囲気から要人警護のスペシャリストだと知れた。

その時点で薄々察しはついたが、部屋にはいると広々としたリビングダイニングのソファに、李《リ》アズハルが優雅に脚を組んで腰掛けていた。

相変わらず品のいい温厚な雰囲気で、攻撃性や溢《あふ》れる覇気《はき》はない。それでも、こうして窓いっぱいに広がる東京の街並みを背景にしていると、あたかもそこに君臨する覇者であるかのように見える。背景がどの国のどの都市に切り替えられても、同様なのだろう。

対面で置かれたソファのあいだにあるローテーブルには、アラブ式の茶器が置かれていた。

桐山に指示される前に、鹿倉は彼の隣に腰を下ろした。

「遠野《とおの》はいまどこにいる？」

向かいのソファの男に日本語で問うと、『あなたには教えません』と英語で返された。

鹿倉はソファに深く腰掛けて背を後ろに凭《もた》せかけ、桐山と李アズハルを視線だけ動かして交互に見た。

桐山は日本の法曹界《ほうそうかい》のサラブレッドという特級品で、李アズハルは出身も定かでない一代で昇り詰めた新興の大成功者だ。

真逆の出自と生《お》い立《た》ちであるはずなのに、ふたりの世界観にはどこか通じるものがある。

『この先、順路などというものは無意味になります』

おそらく鹿倉がこの部屋にはいってくる前にしていたのだろう話の続きを李アズハルがすると、桐山が相づちを打った。

『蛙飛《リープフロッグ》び現象は想定を上回ってきました。新興国と後進国が、既存先進国を飛び越えることも可能かもしれない』

『アジア新興国ではすでに証明されていますね。アフリカも飛躍《ひやく》していきます』

鹿倉はまだ眠気が残る頭で流れていく話を咀嚼《そしゃく》する。

リープフロッグ現象は、社会インフラの整備が進んでいない国にデジタルサービスなどの先

端テクノロジーが一気に拡がって、発展していく事象のことをいう。

その顕著《けんちょ》なものがＩＴ関連だ。先進国がひとつひとつ積み重ねてきたアナログ電話やパソコンの普及といった階段を一足飛びに越えて、途上国とされる国では爆発的に普及したスマートフォンを通して巨大な経済圏が構築されている。

それに対して、すでに既得権益が蔓延《はびこ》っている先進国は、軋轢《あつれき》と忖度《そんたく》に足を取られて膠着《こうちゃく》状態に陥《おちい》りがちだ。

李アズハルが肩をすくめる。

『地道に積み上げてきたものが、むしろ頭打ちの天井《てんじょう》となるのは皮肉なものです』

『しかし、この大きな流れに世界が巻きこまれることは、秩序《ちつじょ》の破壊に繋《つな》がります』

『その秩序というのも、これまでの人間の短い歴史のなかで仮初《かりそ》めに設定されたものにすぎません。手放して、設定しなおすことも必要でしょう』

桐山が苦い顔をする。

『破壊され、混沌《こんとん》から新たな秩序が起ち上がる――既得権益側としては頭の痛いことですが』

『新たな秩序を振りかざす側に回ればいいだけのことです』

掌《てのひら》をうえに向けて、李アズハルが微笑する。

その掌に載せられた地球が見えるようだった。

天上の思考実験を愉しむふたりの目には、秩序の崩壊によって阿鼻叫喚《あびきょうかん》する人々の姿は映《うつ》らない。いや、映っていても意識を割《さ》くことはない。

鹿倉はあくびを噛み締めると、上体を前傾させた。

「俺は茶飲み友達の会合に呼ばれたのか？」

自分の関心事に話を引き戻す。

「遠野に対するスタンスは、お前のなかではどういうことになってるんだ？」

詰問《きつもん》すると、李アズハルが口を開いた。

「前にも言いましたが、彼は混沌を糧《かて》にできる。その点は評価しています」

流暢《りゅうちょう》な日本語で続ける。

「私にとっての彼は、手段としての駒です。必要なうちは手許に置き、不必要となれば処分します」

「もっと端的《たんてき》に答えろ。遠野を守りたいのか、潰したいのか、肩入れしてるのか、どうでもいいのか」

「その質問に意味はありませんね。砂のように流動していくものですから」

答えになっていないが、ある意味予想どおりの返しだった。

砂漠で強い風が吹けば、砂山は刻一刻とかたちを変えて、気がついたときにはまったく別の風景になっている。

そのなかを平然と歩き抜けていくような人種が、まっとうな価値観の人間では到達できない高みへと至るものなのか。

「それなら……」

ふたたび「最後の晩餐《ばんさん》」のときのように、李アズハルのなかで遠野の命が軽くなる刻が訪れることもあるはずだ。

「不必要だと思えたときに、俺に遠野を殺させてほしい」

もちろん機会があれば許可などなしにそうするが、国境もなく世界を飛びまわっている遠野――しかも狂信者である煉条《れんじょう》に護《まも》られている――を確実に手にかけるには、匿《かくま》っている張本人に約束を取りつけておくのが一番だ。

李アズハルが細めた目を、鹿倉から桐山へと向けた。そして英語に切り替える。

『鹿倉刑事をここに呼んだのは、おねだりをさせるためだったわけですか。ずいぶんと甘やかしていますね』

桐山は肯定も否定もしない。

青い眸が鹿倉へと戻された。

「約束はしません。縛《しば》られるのは虫唾《むしず》が走るほど嫌いなので」

天上会談に呼び出させた帰りもイトウの運転する車に乗ることになり、鹿倉は後部座席ではなく助手席に乗りこんだ。

イトウはかすかに眉《まゆ》を動かしただけで、咎《とが》めることはなかった。

この距離から横目で観察して初めて、左目に小さな泣きぼくろがあることに気づく。

この男がゼロのことをどこまで知っているのか、確認しておきたかった。そこを直接訊くわけにはいかないから、外堀を埋めるための質問をする。

「弁護士が、どうして運転手をやってるんだ?」

「……弁護士も運転手も、私にとって区別はありません」

「それは桐山のために動くことに変わりはないって意味か?」

こちらを一瞬見たような気がしたが、黒目がほとんど見えない糸目のせいでどこを見ているのか判然としない。

「桐山とは長いのか?」

口をなめらかにさせるために煽りを付け加えてやる。

「まぁ付き合いなんて長さじゃないけどな」

ハンドルを握る手に力が籠もったのが、白手袋越しにもわかった。

あまり口を動かさずに、イトウが答える。

「幼稚舎《ようちしゃ》のころから、ずっとお側《そば》で仕《つか》えさせていただいています」

その声には隠しきれない誇《ほこ》らしさが滲み出ていた。

「ご学友ってやつか」

法曹界の御曹司《おんぞうし》ならば、そういう取り巻きが用意されていても不思議ではない。

「私の家は代々、桐山家のためにすべてを捧《ささ》げて参《まい》りました」

――なるほどな。そういうことか。

検察官になるには基本的に、司法試験に合格して司法修習を終える必要がある。弁護士であるイトウは、その期間も影のように桐山につき従っていたのだろう。

検察官にならずに弁護士になったのは、桐山俊伍の手足となって動くのに最適だったからに違いない。

すっきりと納得はいったものの、これは厄介《やっかい》な存在だ。

桐山の裏の部分までイトウは共有し、支えている。

――おそらくゼロのことも把握《はあく》してる。

それどころか、ゼロの出自の秘密やエンウのリーダーであることも、イトウが調べたのかもしれない。

「そこまで捧げつくす価値が、桐山にあるのか？　桐山がお前になにかしてくれたことはあるのか？」

純粋《じゅんすい》な疑問を投げかけると、イトウが即答した。

「あるじの価値を測ったり見返りを求めたりするなど、穢《けが》らわしい」

まるで教祖を語るときの口ぶりだ。それこそ宗教二世三世のように、生まれたときからそう教育されてきた結果なのだろうが。

同じ狂信者でも、まだ煉条の遠野に対する心酔《しんすい》のほうが納得がいく。遠野は煉条にとって、この世でただひとり自分を救ってくれた男なのだ。

「一度は目をかっぴらいて、『俊伍《しゅんご》様』を見ておけ。後悔しないようにな」

届かないとわかりきっている忠告を口にしながら、鹿倉は助手席側の窓へと視線を向ける。

そうして全神経をイトウへと這わせた。

場合によっては、桐山より先にイトウを消すことも視野に入れる。

4

橋を隔《へだ》ててすぐそこにある羽田《はねだ》空港から飛び立った航空機が、高い秋空へと吸い上げられていく。

それを目で追いながら早苗《さなえ》が溜め息をつく。

「今回もまた不発なんですかね」

このところ外国人犯罪組織に関するタレコミが大量に集まってくるのだが、まったくの誤情報が多く混ざっていて、国際犯罪対策課は無駄足を踏まされまくっていた。

先週、京浜島《けいひんじま》にある倉庫を外国人犯罪組織が違法ドラッグの隠し場所にしているという新たな情報がはいったため、このあたりを集中的に担当している鹿倉《かぐら》・早苗組でこうして東京湾に浮かぶ人工島を訪れたのだが、今日も高確率で空振《からぶ》りだろう。

電車もモノレールも通っていない、車か水路からでないと上陸できない島には海沿いに細長い公園があるものの、工場や倉庫がぎっしりと建ち並ぶ無味乾燥な景色が広がっている。実際、住民登録をしている島民は十人以下で、生活の匂いがしないエリアだ。

早苗がなんとか気持ちを盛り立てようと、声を明るくする。

「まぁ不発だったとしても、ちょうど例の噂《うわさ》も京浜島ですし、そっちの聞きこみをすればいいですよね」

「ああ、闇《やみ》バイトの件か」

最近、押しこみ強盗の戦力として外国人労働者に闇バイトをもちかけるケースが急増している。京浜島のように工場や物流系の企業が密集しているところが恰好《かっこう》の勧誘エリアになっているという噂があった。

「まぁ手ぶらで帰るよりはマシか」

乗ってやると、早苗が眼鏡《めがね》の下で嬉しそうに目を細めて、地図アプリを表示したスマホ片手にキビキビと歩きだす。

「そうと決まったら、さっさと確かめちゃいましょう。この先の角を曲がったところにある冷凍倉庫です」

そこにはいっていた会社は三ヶ月前に倒産して、競売物件《けいばいぶっけん》として管理は裁判所に移されていた。鍵は破産管財人から借りることができた。

レアな輸入品専用の冷凍倉庫だったその建物は、二階建てのこぢんまりしたサイズで、トラック後部のリヤドアからじかに商品を搬入《はんにゅう》できるように造られていた。そこから一階と二階の保管部屋に移して管理する仕組みだ。

捜査用の手袋を嵌《は》めた早苗が、その搬入用のシャッターを押し上げて確かめる。

「壊されてますね。これなら誰でもはいれます」

もし本当にここが薬物の保管場所になっているのだとしたら、ここから出入りしていたのだろうか。

わずかなりとも信憑性《しんぴょうせい》が出てきて、鹿倉と早苗は気を引き締めなおした。

競売物件にありがちだが、商品こそないもののフォークリフトや棚、デスクなどの備品類はそのままで、埃《ほこり》が溜まっている以外は昨日まで業務をやっていたかのようなありさまだった。

太陽光発電つきで、ブレーカーを上げたら電気が点いた。停電になっても商品を冷凍しつづけられるように、自家発電機能を確保してあるのだろう。

まずは一階の、搬入用の大部屋と事務室、冷凍室を見てまわる。引き出しのひとつひとつも検《あらた》めたが、違法薬物は出てこなかった。

二階には大部屋と小部屋がひとつずつあった。大部屋の棚に並べられているダンボール箱をすべて確かめてから、小部屋のほうにはいる。

「あれ、キャリーバッグですよね？」

奥の片隅に置かれているものへと早苗が駆け寄る。

「……ああ」

ふいに首筋が焦《こ》げるみたいにチリチリした。

鹿倉は嫌な予感に衝《つ》き動《うご》かされて踵を返そうとしたが、振り返るより先に背後でドアが閉まる。カチリと施錠《せじょう》されたらしい音が聞こえた。

「えっ、どうしたんですかっ⁉」

早苗が飛んで戻ってきて、金属製の防熱扉を開けようとする。ドアレバーはビクともしない。

「不発どころか罠《わな》だったな」

「罠だったな、じゃないですよ」

慌ててスマホを取り出した早苗が情けない顔になる。

「電波立ってません」

鹿倉も自分のスマホを出して、ネットにも繋げないことを確認する。

「壁もドアも防熱用の特殊《とくしゅ》仕様になっているせいだろう」

「だから、なに冷静に言ってるんですかっ」

鹿倉は天井に取りつけられているファンの連《つら》なる機器を見上げた。早苗がつられたようにそれを見上げ、身震いした。

「なんか、冷たい風が出てませんか?」

「冷却《れいきゃく》されてるようだな」

ドア横にある非常ボタンを押してみるが、反応はなかった。

わざわざ非常ボタンが作動しないように細工をしたうえで、脱出困難な密閉に特化した冷凍倉庫に閉じこめたわけだ。用意周到《しゅうとう》ぶりからして、東界《とうかい》連合が張った罠なのだろうか。破産管財人がグルだった可能性もある。

このところの不発続きで読みが甘くなっていたらしい。

早苗が身震いしながら訊いてくる。

「冷凍倉庫って、何度になるんですか?」

「確かマイナス二十度からマイナス五十度ぐらいだ。悪いほうを想定するべきだな」

「マイナス五十度って南極ですよ」

絶望に早苗が蒼褪《あおざ》めて、ドアを拳《こぶし》で殴《なぐ》る。

「出してください!　ここを開けてくださいっ」

「騒いで開けてくれる相手じゃない。棚《たな》のダンボールで防寒の準備をするぞ」

ダンボール箱を拡げて床に敷いたり、被ったりできるようにしながら早苗が口を動かしつづける。

「課の人たちは僕たちが今日ここに来ることは知ってますから、連絡取れないのに気づいたら捜してくれるはずですよね。スマホの最終の位置情報からも特定できますし」

最近は不発続きなだけに国際対策課のほかの刑事たちにも緩みが生じていた。そのせいで同僚の危機を察するのに時間がかかる可能性は高い。だがそれは早苗の不安を煽るだけだから口にしないでおいた。

「ああ。それまで凍《こご》え死なないようにするぞ」

開いたダンボール箱を胴や脚に巻きつけ、さらに頭からも被りながら早苗が呟く。

「師匠、弟子が凍る前に助けてください」

「座ったままでいいから足踏みをして体温低下を避けろ。凍傷《とうしょう》にならないように手も揉《も》んでおけ」

「そういえば昔、登山家の雪山遭難《そうなん》の本を読みましたよ。なんか雪崩《なだれ》に巻きこまれたうえ、極限状態で幻覚に出てきた人について行ったら助かったとか」

捜査用の手袋をした手を揉み合わせながら、早苗は不安を紛《まぎ》らわせようとするかのように、その本の話をぽつぽつと話しつづけた。

しかし途中から歯がカチカチ鳴り出してまともに話せなくなる。

——まずいな。

筋肉量が少ない早苗のほうが体内で熱を作りにくいため体温を維持《いじ》できないのだ。

鹿倉は早苗のすぐ横に座りなおすと、抱きかかえるかたちで腕を肩に回した。

「なんかあったかいですね」

肩に頭を預けてきながら早苗が震える息をつく。

人とくっついていることで安心したのか、次第に早苗の呼吸が緩やかになりだす。

「眠るな。足踏みしろ」

「……え、うん」

寝ぼけ声で答えて足踏みを再開するが、それもすぐに止まる。

「早苗」

頬を叩くと、「姉ちゃん、いたい」と文句を口にする。どうやら意識が混濁《こんだく》して、姉といると勘違いしているらしい。

「姉ちゃん……ごめんってば……アイス、食べちゃって」

スマホのアラーム音で目を覚まさせておこうとしたが、気温に耐えられなかったらしくシャットダウンされていた。再起動しようとしてもすぐにまた画面が暗転する。

すでに髪や睫《まつげ》は凍りつき、瞬《まばた》きがしづらい。

ここに閉じこめられてから何時間がたったのか。

改めて脱出できる可能性を探して視線を巡らせるが、焦点《しょうてん》が定まらない。

何度も早苗の頬を叩き、そのたびに早苗は言われるがままに手足を少し動かすものの、ほどなくしてウトウトしだす。

「おいっ、もうすぐ助けが来るから起きろっ！」

なんの根拠《こんきょ》もないがそう怒鳴る――怒鳴っているつもりだったが口内も舌も強張《こわば》って、まともに声が出ない。

――くそ……っ。

意識が朦朧《もうろう》とするなか、鹿倉はなんとか立ち上がる。まるで体重が何倍にもなっているかのようだ。もつれる脚で、よろめきながらドアへと向かう。

手袋をした拳でドアを殴り、さらに肩をドアに打ちつける。

「開け、ろ――早苗だけで、いい。出してやって、くれ」

空気を吸いこむと肺に凍りつくような痛みが起こる。それでもドアに肩を繰り返しぶつけながら声を絞《しぼ》り出《だ》す。

「こいつは、関係、ない…っ」

視界が狭《せば》まり、暗くなっていく。

全身の感覚が急速に遠のき、身体が傾く。

ドアへと顔が近づいていく。素肌が金属に触れたら、癒着《ゆちゃく》して皮膚《ひふ》をもっていかれるかもしれない。そう頭の隅で考えていたが、もう身体が動かない。

しかしなぜか、ドアに顔をぶつける衝撃は訪れなかった。床へと倒れこんでいくなか、なにかに受け止められたみたいな感触を覚える。

「陣也《じんや》っ」

耳鳴りの向こうから馴染んだ声が聞こえたような気がした。

早苗が雪山遭難で幻覚を見た登山家の話をしていたが、これもそのたぐいの幻聴なのだろう。

極限状態で自分が求めるのは、やはりあの男なのだ。

「おい、しっかりしろ！」

また幻聴が聞こえて、今度は身体を揺さぶられる錯覚《さっかく》が起こる。頬を叩かれたような感じもする。

——幻《まぼろし》でもかまわない……。

あの目に沁《し》みるほど黒い眸を見詰めたい。見詰められたい。

懸命に目を開けようとするものの、睫の霜《しも》が重くてどうしても瞼《まぶた》が上がらない。

「う…う…」

もどかしさに呻《うめ》くと、なにか目許《めもと》にやわらかいものが触れて、なぞられた。両目が温かく濡れていく。

「陣也」

名前を呼ばれて、幻だと自分に言い聞かせながらも瞼に力を籠めて、上げる。

ぼやけきった視界のなか、闇を凝らせた双眸《そうぼう》が目の奥に突き刺さってきた。視神経が痙攣《けいれん》して眼球が震える。

——……ゼロ。

あまりにも強烈すぎる刺激に、もしかすると本物なのかもしれないと思いそうになる。

瞬きも忘れて凝視《ぎょうし》していると、ゼロもまた瞬きもせずに見詰め返してくる。

凍えた頬を掌《てのひら》でゴシゴシと擦《こす》られる。床に横たわる身体の上体を抱き支えてくれている腕の感触も、ほのかに苦い香りも、すべてがなまなましいまでにゼロのものだ。

「ゼロ……なのか?」

うまく動かない手でたどたどしく、その逞《たくま》しい腕を辿《たど》る。

答えの代わりに、顎《あご》と頬を包むようにグッと摑まれた。視界に深く影が落ちる。唇の狭間を荒っぽく舌でなぞられたかと思うと、口のなかに深々と挿入《そうにゅう》された。

「ん——っ」

凍えて乾ききった粘膜をゼロの舌で擦られる。

鈍麻の痺《しび》れを超えて、湿り気と熱が染みこんでくる。

鹿倉はきつく目を閉じた。瞼のなかに急速に水分が溜まっていく。重なった唇からどちらのものとも知れない唾液《だえき》が溢れ出る。脳まで濡れそぼるような感覚に襲われて、身体が小刻みに

震えだす。

ゼロの腕を摑んでいる手指が引き攣《つ》れる。

「こっちの刑事を車に運んで温めます」

カタワレのものらしき声がして薄目を開けると、早苗を両腕にかかえて立ち去るスーツの後ろ姿が滲むように見えた。

ようやく頭がまともに回りはじめる。

近すぎる距離にある眸と目が合う。その眸にこのまま呑《の》みこまれてしまいたがっている自分がいた。唇を引き剝《は》がす。

「違う——そうじゃ、ない」

無理やり吐き出すように呟くと、ゼロに険《けわ》しい顔で睨《にら》みつけられてから、抱き締められた。耳に唇を押しつけられて、濁《にご》った声で囁かれる。

「もう、なにもするな」

懇願《こんがん》にも命令にも聞こえる。

「このまま俺に監禁されろ」

くだらなすぎる提案を唾棄《だき》しようとしたとき、ふと脳裏に揺れる月が浮かんだ。新潟《にいがた》の旅館の露天風呂から見上げた月だ。

ふたりきり世界から切り取られたあの時、確かに自分は——自分たちは満たされていた。

あんな時間が、復讐《ふくしゅう》に固執《こしつ》する自分に訪れるとは思ってもいなかった。

知らず緩みかける顔を、ゼロに見詰められる。

「お前の望みはぜんぶ俺が叶《かな》えてやる」

「……」

鹿倉はきつく目を眇《すが》めると、ゼロの喉元を拳で殴った。とっさの攻撃に噎《む》せた男の腕からもがき出て、壁に手をつきながら立ち上がる。

「俺がいつそれを頼んだ？」

立ち上がったゼロが鼻の頭に威嚇《いかく》の皺を寄せる。

「こんな見えすいた罠にかかっておきながら、それか？」

「……そうだ。罠だ」

鹿倉は思い出し、零下《れいか》の部屋へとふたたび足を踏み入れた。

奥に置かれている、いかにも囮《おとり》らしいキャリーバッグを証拠品として確保する。

そしてそのまま逃げるようにゼロを置いて建物を出ると、敷地内に駐められているワゴン車の運転席に乗りこんだ。

後部座席を振り返れば、すっぽり毛布に包まれた早苗が、カタワレから経口補水液を飲まされている。危惧《きぐ》したよりは状態がよさそうだ。

鹿倉は車のエンジンをかけながらカタワレに告げた。

「あいつはまだなかにいる。いったん公園横のパーキングまで行くから、あとで迎えに戻れ」

早苗の前でゼロのことで言い合いをするのを避けたいのだろう。カタワレは反論してこなかった。

パーキングに着くと、鹿倉はふらつく早苗をワゴン車から覆面パトカーへと移した。ゼロを迎えに行くためにワゴン車の運転席に収まったカタワレに声をかける。

「今日は本当に助かった」

するとカタワレがすっきりした作りの顔に苦笑を浮かべた。

「距離を置けばどうにかなると思わないほうがいいですよ」

なにか言い返そうとしたが言葉に詰まって黙りこむと、カタワレは肩をすくめて車を出した。

経口補水液のストローを咥えたまま、つらそうな顔で目を閉じている早苗を、まずは病院に運ぶことにする。

京浜大橋を渡って城南島《じょうなんじま》へと向かいながら、鹿倉は東京湾に満ちる夕陽の撥《は》ね返《かえ》しに目を眇めた。

——……距離を置いても、こんな簡単にまた囚われるのか。

たったあれだけの接触で、凍えきっていたはずの身体が熱を帯びていた。

身体だけではない。感情も、揺さぶられてしまっていた。冷たく定まっていた羅針盤《らしんばん》がグルグルと回っているかのようで、眩暈がする。

ゼロを渇望《かつぼう》する心を置き去りにしたくて、鹿倉はアクセルを踏みこんだ。

5

「なにがあった？」

胸に顔を伏せたまま、桐山《きりやま》が上目遣いに訊いてくる。

乳首《ちくび》に薄い舌を擦りつけられて、鹿倉《かぐら》は眉間に力を籠める。その表情に桐山が目を細めた。

「なんのことだ」

「嫌そうな顔も久しぶりだ」

桐山にどれだけ舐めまわされても麻酔《ますい》でも打たれたかのように心身ともに反応しなくなっていたのに、少しだけ感覚が戻っていた。

それが桐山を悦《よろこ》ばせていることが胸くそ悪い。

タワマン最上階のベッドルームの窓に広がる夜景へと視線を逸《そ》らす。窓に二重写しのように映る、ベッドに全裸で仰向《あおむ》けになっている自分と、黒いバスローブを纏《まと》って覆《おお》い被さっている桐山の姿も、すっかり見慣れた。

すでに一時間以上が経過している。拳を握りなおして感覚を封殺しようとしていると、ナイトテーブルに置かれた桐山のスマホが振動した。舌が肌から離れる。

桐山が電話に出て、ひとつふたつやり取りをして切る。

もう行為は終わったのだと思って上体を起こしかけると、桐山にふたたび押し倒された。耳を舌が這いまわり、唾液が耳の孔《あな》を伝う。首筋にザッと鳥肌がたつ。そのブツブツした皮膚の感触を指先で確かめられる。

吐き気がしてきて、鹿倉は俯《うつぶ》せに身体を返した。

シーツと胸のあいだに手がはいりこんできて乳首をきつく摘まんでひねる。火傷跡がまだらに残る背中の、肌の部位によって違う舌触りを桐山が愉《たの》しむ。

そうしてまた何分ぐらい耐えたころだったか。

鹿倉は淡く瞬きをした。階段を上ってくる足音が聞こえた。開け放たれたままだったベッドルームのドアから人がはいってくるのが、嵌《は》め殺《ごろ》しの窓に映る。

イトウだった。おそらく、さっきの電話も彼からだったのだろう。

「ご支度《したく》をお願いします」とイトウに促《うなが》されても、桐山は愛撫《あいぶ》をやめない。

イトウが小さく咳払《せきばら》いして、さらに言葉を重ねる。

「ご自宅のほうで、清奈《きよな》様がもう一時間以上お待ちです」

桐山は溜め息をつき、鹿倉の首筋を歯形がつくほど強く嚙んでからベッドを降りて部屋を出て行った。

——男を舐めまわして、どんな顔で嫁《よめ》に会うんだろうな。

想像してみるが、いつもの無表情しか想像できない。

桐山は家庭の匂いがまったくしない男だが、実際のところ白金台《しろがねだい》にある本宅には、ほとんど帰っていないようだった。

妻と自宅で会う時間を約束するぐらいだ。与党の大物議員の娘と結婚したものの、夫婦関係は破綻《はたん》しているのだろう。

シャワーで唾液の膜《まく》を洗い流して身支度を整え、下の階に降りようとしたとき、なにか大きな物音が聞こえてきた。

階段の踊り場からリビングを見下ろすと、イトウが床に仰向けに倒れていた。その口許には血が滲んでいる。

「この私に指図をするつもりか？」

すぐ横に立つ桐山が革靴の踵《かかと》でイトウの胸元を踏みにじる。

「違います、違います、俊伍《しゅんご》様。私はただ、俊伍様の妨《さまた》げになる彼らをいまのうちに排除すべきではないかと……」

「お前はこれまでどおり、よけいなことはいっさい考えずに私の指示にだけ従っていろ」

「承知しました。差し出がましいことを申し上げて、本当に申し訳ございません」

涙声で陳謝しながらイトウが自身の胸を踏みにじる靴の先に唇を押しつける。

「血で汚れた」

蔑《さげす》む声で桐山が言うと、イトウは舌を差し伸ばして靴を舐めた。

反吐《へど》が出るような光景だが、おそらくこの主従は幼いころからこんなことを繰り返してきたのだろう。

桐山が足をどけると、イトウはすぐに立ち上がってハンカチで口許の血を拭《ぬぐ》い、なにごともなかったかのように桐山に付き従って部屋を出て行った。


取調室のデスクの向こう側で、ベトナム人の若い男が項垂《うなだ》れている。

一応、日本語学校に通う語学留学生ということになっているが、実質は工場で週四十時間勤務する出稼《でかせ》ぎ労働者だ。

そしてその工場は、鹿倉たちが先週閉じこめられた京浜島《けいひんじま》の冷凍倉庫のすぐ近くにあった。

『九月二十三日、二十三時二十六分にキャリーバッグをもって歩くお前の姿が防犯カメラに映っていた。それから十四分後に同じカメラに映ったときには手ぶらだった』

鹿倉が正面からベトナム語で詰問すると、ファン・ギエムは逃げ場を探すかのように大きな目を左右に動かした。

鹿倉は彼の前に二枚の写真を滑らせた。向かいの工場の防犯カメラに映っていたもので、画質は悪い。

『俺じゃない』

『お前の勤め先からの、道々のカメラにも映ってる。なんなら、キャリーバッグをもって出社した画像や証言もあるわけだが』

『違う。違う』

握った拳を、鹿倉は写真のうえへとドッと落とした。自分が殴られたみたいにファンが椅子から飛び上がる。

取り調べ用デスクの横に置かれた補助デスクから、早苗《さなえ》が取りなす。

『ファンさんは誰かに雇われただけだと推察しています。でも、それをきちんと話してもらえないと、物証があるだけにファンさんが主導したことになってしまいます』

やわらかい物言いに引かれたようにファンは早苗へと視線を上げた。そして小動物っぽい顔を目にして、眉をハの字にする。

『それは、困る。絶対に主導はしてない』

早苗が励《はげ》ます表情で頷くと、ファンは黒目がちな目に涙を溜めながら鹿倉を見た。

『俺は——俺は、バイトをしただけなんだ。サイトで京浜島勤務を条件に、募集してて』

『ああ、外国人労働者専用の闇バイトのサイトか』

そのサイト運営に東界連合《とうかい》が絡んでいるという話もある。

『みんな、みんなやってるのに。なんで俺だけ……俺は今回が初めてで、ただ使われてない倉庫にバッグを置いてくるだけの簡単な仕事だっていうから』

『現金でもらったんだろ？　依頼人には会ったのか？』

闇バイトは足が着かないように即日現金払いが基本だ。

『現金で二十万円もらった。バッグは依頼人からじかに渡された』

鹿倉はデスクに身を乗り出して、まだ二十歳になったばかりの若者を見据《みす》えた。

『依頼人はどんな奴《やつ》だった？　男か、女か、年齢や服装は？』

矢継ぎ早に強い声で訊かれた若者が怯《おび》えた顔で答える。

『男、だった。年はたぶん三十代ぐらいで、スーツを着てた。普通の、サラリーマンのスーツ』

『堅気《かたぎ》のサラリーマン風だったのか？』

『本当にその辺にいる普通のサラリーマンに見えた』

『特徴《とくちょう》はなかったか？　どんな細かいことでもいいから思い出せ』

ファンが懸命に思い出そうとしているらしく、眉間に皺を寄せて右上を見る。

『眼鏡をかけてて、のっぺりした顔してて——あ、でも腕時計』

『腕時計？』

『カレラデイデイトをしてた。憧《あこが》れのブランドだから間違いない』

それに早苗が食いついてきた。

『タグ・ホイヤーのカレラキャリバー5デイデイトですか』

『それ、それです。それの革ベルトでした』

『へぇ。革ベルトもいいですね』

私人に戻っている早苗を鹿倉は睨む。

「緩みすぎだぞ」

「だって、デイデイトって師匠がしてる時計なんですよ。耐衝撃性と防水性にも優《すぐ》れてて、それでいてスーツにもしっくりと馴染んで、まさに武闘派の大人のための時計じゃないですか」

擬人化《ぎじんか》カワウソが鼻息荒く語るさまに、鹿倉は口許を歪める。

本当に単発の闇バイトにすぎなかったらしく、ファンからはそれ以上の情報を得ることはできなかった。

国際犯罪対策課に戻ると、早苗は相澤《あいざわ》のところに飛んでいって、時計を見せてくれとねだった。

「ほら、これですよ。文字盤がブラックバージョンっていうのも師匠らしくて渋いですよね。僕も同じの欲しいんですけど、キャリバー5はもう廃盤《はいばん》なんですよ。それに、ちょっと値が張るんで……」

相澤が腕時計に金をかけているのは少し意外だった。

「時計に拘《こだわ》りがあるんですか」

そう言うと、相澤が自嘲《じちょう》の笑みを浮かべた。

「嫁さんに逃げられた記念に自分に買ってやったんだ」

刑事の離婚は職業病みたいなものだが、相澤の元妻は離婚前にはすでに別の男と再婚の約束をしていたらしい。鹿倉が組対部《そたいぶ》に配属になった年のできごとだった。

その時、相澤はそれに対して憤《いきどお》るでもなく、むしろ自分よりも確実に幸せにしてくれる男がいてよかったと淡々と言っていた。

家庭を顧《かえり》みる時間がないだけでなく、仕事柄《がら》、下手《へた》をすれば家族を犯罪組織に狙《ねら》われかねないのだ。

相澤はもしかすると元妻を本当に大切に思っていたからこそ、離婚することに安堵《あんど》を覚えたのかもしれなかった。

「……」

腕時計をじっと見詰める鹿倉に、早苗が訊いてくる。

「鹿倉さんも気に入りました？　中古を探して三人でお揃《そろ》いにします？」

くだらない提案を無視して記憶を探る。

青い盤面のバージョンのこの時計を、最近どこかで見たような気がした。

首都高速湾岸線を走る車のなか、鹿倉は助手席のシートに背を深く預けていた。深夜に桐山から呼び出され、イトウが迎えに現れたのだ。

視線だけを、ハンドルを握るイトウの左手首に向ける。

ジャケットの袖《そで》になかば隠れているが、あのぬるりとした藍色《あいいろ》の光沢《こうたく》は、タグ・ホイヤーの青文字盤特有のものだ。

「ハンドルをしっかり握ってろ」

そう声をかけながら手を伸ばして、イトウのジャケットの袖を摑んで引き上げた。

濃紺の革ベルトに換えてあるため相澤のものとはだいぶ印象が違うが、タグ・ホイヤーのデイデイトで間違いない。

「嵌めたのは、お前だったわけか」

「なんのことでしょうか」

「闇アルバイターに会ったときは、伊達《だて》メガネをかけてたんだな」

イトウは表情を変えず、高速道路の路肩にある膨《ふく》らんだところへと車を滑《すべ》りこませて停めた。

「非常駐車帯に停めるな」

「体調不良です」

「それなら仕方ないか」

即席の取調室と化した空間が、独特の緊張感で満たされる。

京浜島の冷凍倉庫で鹿倉と早苗を凍死させようとした犯人を絞るにあたり、いくつかの候補があった。

ひとつは、国際対策課を牽制《けんせい》したい外国人犯罪組織。

ひとつは、あのエリアで外国人労働者に闇バイトを斡旋《あっせん》している東界連合。

そして最後のひとつは、鹿倉か早苗に私怨《しえん》をもつ個人。

「俺が桐山のお気に入りなのが気に食わないのは知ってたが、命まで狙ってくるとはな」

軽く煽ると、糸目のあいだから薄茶色の眸がこちらを睨んできた。

「勘違いも甚《はなは》だしい。あなたなど――」

続けようとするイトウの言葉に被せる。

「ああ、ああ。『俊伍様はあなたになど関心をもたれていません』だろ」

その言葉が引っかかっていたのは、鹿倉が感じてきたことと一致していたからだった。

――桐山の本当の目的は、俺じゃない。

運転席のシートのヘッドレストに手をついて、間近から目を覗きこむ。

「桐山が関心をもってるのは、ゼロだ」

初めに接触してきたとき、桐山はエンウのことに触れてきた。おそらく、あの時点ですでにゼロに意識が向いていたのだ。

——俺がゼロに繋がってるからこそ接触してきたわけだ。

性的な嫌がらせをしてきたのはあくまでオプションにすぎず、桐山が見ていたのは一貫してゼロだった。そう考えれば、これまで感じてきた違和感の辻褄《つじつま》が合う。

「で、桐山はどうしてゼロに拘ってるんだ？」

それについてはいっさい答えるつもりがないらしく、イトウは口を硬く引き結んだが、その瞼は完全に上がって眸が剝き出しになっていた。

いつもは影の薄い男が、不気味な存在感を放っている。左目の泣きぼくろと相まって、妙になまめかしくすら見えた。

「お前が勝手に俺を殺そうとしたと知ったら、桐山はどうするだろうな？　このあいだは殴り倒されて踏まれてたが」

イトウの薄い瞼がわずかに動く。

「まぁ、お前次第で、それは桐山に伏せておいてやってもいい」

トレーラー数台が轟音《ごうおん》をたてながら横を通りすぎていった。そのうるさい沈黙のあと、イトウが糸目に戻した目で見返してきた。

「取り引きをしましょう。遠野亮二《とおのりょうじ》と会えるようにセッティングできます」

「……遠野はいま日本にいるのか？」

「はい」

「桐山は俺に隠してたわけか」

「俊伍様は、あなたたちが命を落とさない方向で考えていらっしゃいます」

あなたたち、というのは鹿倉とゼロのことだろう。

実際のところ、マカオで最後の晩餐をセッティングしたのも、鹿倉とゼロが互いの命を守ろうとして足を引っ張り合うのを証明して、別れさせるのが目的だった。誰も命を落とすことのない舞台を、李《リ》アズハルとともに用意したのだ。

「私としてはふたりまとめて退場していただきたいところですが。先日はそれを提言して、俊伍様の逆鱗《げきりん》に触れました」

「俺を殺しそこねたから、桐山に直談判《じかだんぱん》したってことか」

もの静かに見える男のなかには、執念《しゅうねん》深い殺意が詰まっているらしい。

それは主人の妨げになるものを排除したいという願いが出どころなのだろうが、同時に桐山の心身が他者に向かうことへの強烈な嫉妬心《しっとしん》もあるように鹿倉には思われた。

桐山に踏みにじられながらその靴を舐めるとき、イトウは恍惚《こうこつ》とした表情を浮かべていた。

イトウの鹿倉に対する殺意は本物で、だからこそ遠野に鹿倉を会わせることはイトウのメリットにもなる。遠野を手にかけて、鹿倉が無事でいられることはまずあり得ないからだ。

とはいえ、絶対にイトウが裏切らないとは限らず、しかも桐山がイトウの動きを察知することも計算に入れなければならない。

——……それでも、この可能性を潰すわけにはいかない。

日に日に世界へと東界連合の版図を拡げていく遠野を仕留められる機会は、この先減っていく一方なのだ。

鹿倉は押し殺した声でイトウに告げた。

「煉条《れんじょう》抜きで、遠野とふたりきりで会いたい」

「一時的に煉条を席から外させておくことならできると思います」

「それで充分だ」

非常駐車帯から出た車が、湾岸線の流れに戻る。

その行き着く先を、鹿倉は腹の底の冷たい塊が痺れるのを感じながら見据えていた。

6

イトウの運転する車が不可侵城《ふかしんじょう》の地下駐車場にはいっていく。

後部座席から外を眺めていた鹿倉《かぐら》は低い声で褒めてやる。

「なるほどな。いい選択だ」

遠野亮二《とおのりょうじ》との接触場所としてはおあつらえ向きだ。不可侵城でならば、誰の死体であれ隠蔽《いんぺい》も処理も容易《たやす》い……その死体のうちのひとつに、今夜自分もはいる覚悟はできている。しかしかならず遠野も連れて行く。

「遠野は俺が来るのを知ってるのか？」

「いいえ、伝えていません。ですが、李《リ》アズハルの協力を得られましたので、煉条《れんじょう》は別室で足止めされているはずです」

鹿倉はわずかに眉をひそめた。

確かに李アズハルは遠野のことを、手段としての駒で、不必要になれば処分するとは言っていた。そして鹿倉は李アズハルに、不必要だと思えたら自分に殺させてほしいと告げてあった。だから今夜、マカオでの最後の晩餐《ばんさん》のような特殊ルールもなしに遠野と鹿倉をふたりきりで会わせるのがどういうことかを、李アズハルは承知しているはずだ。

しかしどういう心境の変化で、李アズハルはいまこのタイミングで遠野を切り捨てるのだろうか？

『その質問に意味はありませんね。砂のように流動していくものですから』

頭のなかの問答に、鹿倉は頭を振る。

カジノ王の戦争屋がなにを考えているかなど、読むだけ無駄だ。

——この機会を、確実にモノにするだけだ。

そう心に決めて、ジャケットのうえから内ポケットに忍ばせてあるフォールディングナイフに触れる。

「マスクと招待カードです」

運転席のイトウから渡されたゾロマスクで目許を隠し、渡された機器を手首に巻く。

「招待カードのランクは？」

「SSランクのVIPルームにはいれるようにしてあると、李アズハルが言っていました。場所は、遠野亮二専用の個室です」

イトウとともに地下駐車場からの直通エレベーターに乗り、十一階で降りる。

遠野専用の部屋のドアにブラックライトで浮かび上がっている梵字《ぼんじ》を鹿倉は見詰める。

「カーン。破壊神シヴァを示す文字です」

イトウが囁き声で続ける。

「俊伍《しゅんご》様を示す文字はキリーク。極楽浄土へ人々を導く阿弥陀如来《あみだにょらい》です」

鹿倉は通路へと視線を巡らせた。

SSランクのカードを所有するゼロもまた、この階に部屋を有しているはずだ。彼は鹿倉に深入りさせたがらず、個室に連れて行くことはなかったが。

――ゼロを示す文字はなんだったんだろうな……。

それを知る機会は、もうないのだろうが。

シヴァの扉が開かれる。

鹿倉はひとつ呼吸をして、そこに足を踏み入れた。

イトウも一緒に入室してドアを閉める。

明かりが点いていない部屋は暗い。しかし人の気配はある。

鹿倉は暗がりに目を凝《こ》らす。

ソファに座っているらしい人の輪郭《りんかく》が、わずかな濃淡で知れた。

——遠野、か？

この暗がりに乗じて一気に片をつけようと、ジャケットの内ポケットへと手を入れかけたときだった。

「し……俊伍様⁉」

掠れ声でイトウが言ったのと同時に、天井の照明が光を放った。

次第に明順応していく視界に、黒と赤紫で構成された部屋が現れる。壁と床と天井は黒く、カーテンやソファは赤紫色だ。コの字型に配置されたソファの中央には黒大理石のローテーブルが置かれていて、ちょうどそのうえに蓮の実のかたちをした照明が吊るされている。いくつものライトが埋めこまれているさまは、手術用の照明器具や虫の複眼にも似ていた。

そしてソファの最奥に、こちらに正面を向けるかたちで座っているのは——桐山《きりやま》俊伍だった。

「どういうことだ？」

横目でイトウを睨むと、ショック状態でチアノーゼでも出ているのか唇が紫色になっていた。この様子からして、ここに桐山がいたことは彼にとっても完全に予想外だったのだろう。

――李アズハルの介入か。

イトウから今夜のことをもちかけられた李アズハルは、協力するふりをしてすべてを把握《はあく》したうえで、桐山に情報を流したわけだ。

桐山が今回のことを察知する可能性は考えていたものの、獲物を隠されて、鹿倉は殺意を身のうちに籠めたまま部屋を横切り、桐山の胸倉を摑んだ。

「おい、遠野をどこにやった？」

低い声で詰問すると、桐山は組んだ脚をほどきもせずに、鹿倉ではなくイトウへと半眼を向けた。

視線ひとつでイトウが飛んできたかと思うと、鹿倉の腕を摑んで背中へとひねり上げようとした。とっさに円を描くかたちで身体を返して腕を抜くと、鹿倉はイトウの喉元に掌底《しょうてい》を叩きこんだ。しかしイトウは素早く後ろに飛びすさってダメージを半減させ、前のめりに体勢を崩した鹿倉の腕をふたたび摑もうとする。

そのイトウの顔に頭突きを食らわせる。口許を鼻血まみれにしながら、イトウは踏みとどまった。

――かなりできるな。

この影の薄い男は、桐山俊伍の従者であるためにあらゆる技術を磨《みが》き抜《ぬ》いてきたのだろう。

イトウが両手を振ると、その手にナイフが現れた。ハイイロ張りのテクニックだ。

「お目汚しになりますので、俊伍様はどうか最上階でお待ちください」

桐山が組んでいた脚をほどいて上体を前傾させ、平坦《へいたん》な声でイトウに問う。

「私がいつ、その男を殺すことを許可した？」

とたんにイトウの唇はさらに紫色を濃くした。奥歯がカチカチと鳴りはじめる。

幼いころから桐山に仕《つか》えていると言っていたが、骨身に沁《し》みるほど調教されてきたわけだ。

しかし完全服従の機械となるには、イトウの桐山に対する気持ちは熱をもちすぎていた。

「俊伍様の瑕《きず》となる者たちは、今夜のうちに消し去ります」

そのイトウの言葉に、鹿倉の唇は震えた。

——瑕となる者……たち？

濁った声音で呟く。

「ゼロに、なにをする気だ？」

イトウは質問には答えずに口角をわずかに上げると、鹿倉に飛びかかってきた。両手遣いのナイフを避けながら、鹿倉は身体中の血が凍りついたまま沸騰《ふっとう》するような体感を覚える。殴っても蹴《け》っても、ダメージを与えられている気がしない。そうしてこちらの気を削《そ》ぎながら、隙を突いてナイフを走らせてくる。

切れも重さもそれほどではないが、粘りつくような嫌な戦い方をする男だ。

イトウが突進してきながら左腕を曲げた。

「……っ」

目を狙って投げられたナイフを躱《かわ》すことに意識を取られる。気がついたときにはもう一本のナイフが喉元に迫っていた。

──まずい……っ。

喉を守ろうとした手の平を切りつけられる。

「うぐ」

間髪入れずに、今度はナイフを首筋へと振り下ろされ──。

ふいに、イトウの身体が大きく跳ねて、ナイフが手から離れた。

イトウの肩越しに、ドアからはいってくる男の姿が目に飛びこんでくる。

その黒い髪も黒い眸も、視神経が痛むほど鮮やかで。

「ゼロ……」

血と硝煙《しょうえん》の匂いが入り混じる。

右肩を押さえてふらつくイトウへと、ゼロが一気に間合いを詰めた。そして背後から片腕で胴体をホールドし、銃口にサプレッサーが取りつけられている拳銃をイトウの側頭部へと押しつけた。

「……れ、煉条は、どうしたのですか？」

撃たれた肩の痛みをこらえながらイトウが声を荒らげる。

「手こずったが、ここに陣也《じんや》がいることを聞き出して、銃とこの部屋の招待カードを奪ってやった」

イトウはゼロのことも城に呼び出して、煉条に始末させようとしたわけだ。かなりの激闘だったに違いない。改めて見れば、ゼロの唇は血が滴《したた》るほど切れていて、頬にも打撃痕《こん》らしき紅い大きな痣《あざ》ができていた。ライダースジャケットと黒革のパンツで出血は確かめられないもののの、ほかにも怪我を負っているはずだ。野生動物と同じで、ゼロはそんな弱みをわずかも見せはしないが。

ゼロがソファに腰掛けたままの桐山に殺意の滾《たぎ》る視線を向ける。

「お前が、こいつを使って陣也を殺そうとしたのか？」

しかし桐山が答えるより先に、イトウがみずから告白した。

「俊伍様のご意向ではありません。すべて私の独断です」

桐山からイトウへと、ゼロの視線が移る。

「お前の意志で、陣也を殺そうとしたってことか？」

「そうです。鹿倉刑事とあなたには、死んでもらわなければなりません」

ゼロの顔からいっさいの表情が消えた。

「それなら、お前に消えてもらうしかないな」

室内の空気が重く、冷たくなっていく。

ゼロは本気で、この場でイトウを殺すつもりなのだ。

鹿倉は胸にざわめきを覚えたが、腹の底にある冷たい塊《かたまり》に意識を向けた。

——イトウはゼロにとって、致命的な妨《さまた》げになる。

自分でイトウを手にかけることも考えていたのだ。無駄に感情を動かして、ゼロの邪魔をするような愚行《ぐこう》は、今度こそしない。

トリガーにかかったゼロの指に力が籠もる。

それまで静観していた桐山が、ソファから腰を上げた。

幼少期より仕えてくれてきた相手がいまにも殺されようとしているのに、眉ひとつ動かさない。相変わらず、血の通わない彫像めいた様子だ。

その彫像の口が動く。

「ゼロ」

硬質な重たい声音に、部屋に張り詰めた空気が底から揺らいだ。

「お前の父親が誰かを、私は知っている」

ゼロが動きを止め、きつく眇めた目を桐山へと向けた。

ふたりの視線がぶつかり、全身の肌が粟立《あわだ》つほどの圧が生じる。

「誰だろうと、俺には関係ない」

そのゼロの返しに、桐山の薄い唇がかすかに引き攣れた。侮蔑《ぶべつ》を孕んだ笑みを浮かべて。

「お前は、私の汚点《おてん》だ」

「なんのことだ？」

「ゼロ。お前の父親は桐山俊司《しゅんじ》——私の父だ」

部屋が無音になる。

鹿倉は自分がなにを耳にしたのか理解できなかった。

——……ゼロの、父親が？

濁った呻き声をゼロが漏らす。

虚を衝《つ》いて、イトウがサプレッサーを握った。ゼロの手から拳銃が抜ける。

イトウはそのまま至近距離からゼロに銃を向けた。

頭のなかが痺れたようになったまま、鹿倉の身体は反射的に動いた。床を蹴り、内ポケットからフォールディングナイフを握り出す。

こちらに背を向けているイトウに、ドッとぶつかった。拳銃がイトウの手から落ちる。前傾する彼の両腕をゼロが摑んだ。

イトウを挟んで、鹿倉とゼロの目が合う。

先に瞬きをしたのはゼロだった。

鹿倉もひとつ瞬きをして、自分がいまなにをしているのかを知る。

「ぁ……ぐ」

濁った呻き声を漏らして、イトウが身をよじった。その動きが、体内に沈んでいるナイフ越しに、鹿倉の手にじかに伝わってくる。

冷たい痺れが全身を巡っている。醒《さ》めた意識で、次になにをすべきかを判断する。ナイフをひねってイトウを内側から破壊し、致命傷を与えるのだ。

ナイフを握っている右腕に力を籠める。

しかし、ひねることができない。

ゼロの手が、鹿倉の右手首をがっしりと握って、阻《はば》んでいた。

「やめろ、陣也」

やっとゼロと同じことを選択できるようになったのに、どうして止めるのか。

ゼロが煉条を殺すのを阻んだときの自分とまったく同じことを、今度はゼロがしていた。

闇と光が反転したかのようで、頭の奥が激しく明滅する。きつく目を眇めると、ゼロに腕を摑まれて引っ張られた。

「帰るぞ」

――帰る……。

なぜかその言葉が、とても自然なものに感じられた。

ゼロに引っ張られるままに鹿倉はドアから出ながら、部屋を振り返った。

イトウが床にくずおれながらも、ガタガタ震える手で拳銃を拾おうとしている。その身体を、膝をついた桐山が抱きかかえて耳許でなにかを言ったようだった。

糸目がゆっくりと開かれて、まなじりから涙を溢れさせた。

不可侵城から出ると、すぐに見慣れたワゴン車が現れた。

それに乗りこむと、ハイイロが唇のピアスをいじりながら運転席のカタワレに声をかける。

「ハイハイ。家出おじさん回収完了ーっ。ずらかろー」

いざとなったら突入するつもりでいたのだろうリキが、暴れられなかったのが不満だとでも言いたげに肩を大きく回した。

処理しきれないものに思考を圧迫されながらも、鹿倉はハンカチで切られた左手の応急処置をしてシートにぐったりと身を預けた。

投げ出した左手の側面に、隣に座るゼロの右手の側面が当たる。

傷口の疼《うず》きが、甘い熱を帯びた。

7

中目黒《なかめぐろ》のマンションに足を踏み入れる。

五ヶ月ぶりに、ここに「帰ってきた」。

ふたり並んでソファに腰を下ろすと、昨日もこんなふうにしていたような錯覚《さっかく》に陥《おちい》る。

「追っ手はかけられなかったみたいだな」

「――ああ」と返すゼロの声は、澱《よど》んでいた。

その眉間には切りつけられたかのような深い皺が刻まれている。

長い沈黙ののち、鹿倉《かぐら》は重い口を開いた。

「本当だと思うか？」

果たして、ゼロと桐山《きりやま》が異母《いぼ》兄弟《きょうだい》だなどということが、あるのだろうか。

銃を頭に突きつけられているイトウの形勢逆転を図るためのデマカセだったのではないか。

……しかし、否定要素を集めようとするほどに、肯定に繋がる要素が浮かび上がってくる。

そもそも桐山が一介《いっかい》の刑事にすぎない自分に過剰《かじょう》な接触を図ってきたのは、エンウ――ゼロと繋がったのを知ったためだったのだろう。

――俺を手許に置きたがったのは、監視目的ってことか。

それに、ゼロの母方の祖父が死刑囚だったことを桐山が知っていたのも、血縁にあるのならば納得がいく。

桐山の亡き父は、検事総長になると目《もく》されていた人物だった。

妻子がありながら死刑囚の娘に子供を産ませたのだとしたら、なにがあっても隠蔽《いんぺい》しなければならないことだっただろう。

――……だから、ゼロは無戸籍児《むこせきじ》になったのか？

そしてなによりも、もっと露骨《ろこつ》な証明が、いま目の前にある。

じっと見詰めていると、ゼロの瞼が上げられて、闇を凝らせたような眸がこちらに向けられた。

この黒すぎる眸は、そこに圧縮されている高いエネルギー量まで含めて、桐山のそれと同種のものだった。

『俺の目を見ては、この目は王子様の目だとか抜かしてた』

ゼロの母親は、息子の眸に愛する男を見ていたという。

おそらく、ゼロと桐山の眸は、父親譲《ゆず》りなのだ。

答えは出てしまった。

鹿倉は喉に大きな異物が詰まっているような苦しさを覚えて、ゼロの眸から視線を逸らした。

「反吐《へど》が出る」

ゼロが呻くように続ける。

「なにが、王子様だ」

ゼロの母親は、自身の父が死刑囚となり、ふたりの妹はそのせいで自死したのだという。どういう出会い方をしたのか知らないが、そんな闇のなかをひとり彷徨《さまよ》うような人生を送っていた彼女にとって、エリート検察官の御曹司は、確かに夢に出てくる王子様そのものだったのだろう。

その男の子供を身籠《みご》もり、生まれた息子の眸に「王子様」を見つけて、彼女は夢を現実にも持ち出せたような心地だったに違いない。

しかし、男はおそらく、彼女が自分の子を産んだことを知っていながら、知らぬふりをした。

喉に詰まっていたものを鹿倉は吐き出す。

「クズ王子だな」

するとかすかにソファが揺れた。

横を見ると、ゼロが肩を震わせていた。

泣き笑いのような表情だ。

「本当にな。とんだクズ王子だ」

眉がグッと歪む。

「そんな奴に騙《だま》されて、バカな女だ」

鹿倉は手を伸ばし、ゼロの項を摑んだ。なかば引き寄せるようにして、唇に唇を押しつける。

厚みのある唇がわななないたかと思うと、荒々しい動きでむしゃぶりついてきた。

唇を揉まれて噛まれて舐められて、キスだけで息が上がる。

軽く咳きこむと、ゼロがわずかに唇を離した。

間近に覗きこんでくる眸は、脅《おど》しつけているようでいて、どこか様子を窺《うかが》う子供のようでもある。

「ゼロ……」

鹿倉はありのままの気持ちを打ち明ける。

「お前とでないと、なにもする意味がない」

たとえそれで足を引っ張り合うことになろうとも、致命的な弱みをもつことになろうとも……それごとかかえて進んでいく覚悟が生まれていた。

身体を覆っていた冷たい麻痺《まひ》が、ゼロに舐められた場所から解《ほど》けていく。そうして、まるで剝き出しの神経を愛撫されているかのような強烈な感覚を引きずり出される。

「く……ん、ぅ」

内腿《うちもも》を執拗《しつよう》に舐めまわされて、ベッドに仰向けになっている鹿倉の裸体はよじれてビクつく。すでにゼロの指を二本咥えている後孔《こうこう》がギチギチと締まってわななく。

「感じすぎだろ。どうなってるんだ？」

上目遣いに睨みながら訊いてくる全裸の男を、鹿倉は熟《う》んだ目で見返す。

煉条《れんじょう》との格闘は、やはり熾烈《しれつ》なものだったようだ。ゼロの身体はあちこちに紅い痣《あざ》がまだらに拡がっている。左肩の皮下出血はおそらく脱臼した痕だろう。肋骨は何本か折れているに違いない。

「こんな身体にされやがって」

腿に噛みついてくるさまは、手負いの獣《けもの》そのものだ。

ぶつけられる嫉妬《しっと》と与えられる痛みに、鹿倉は眸を震わせ、口角に笑みを滲ませる。

「違う。お前だからだ」

ゼロが懐疑に唸り、食いちぎりたいみたいに噛みついている部分に、ねっとりと舌を這わせる。

離れていたあいだ、どれだけの鬱屈《うっくつ》と遣る瀬《やせ》なさを積み上げてきたかを、鹿倉にわからせないと気が済まないのだろう。

ようやくゼロが顔を上げたとき、内腿には血が滲む歯形が刻まれていた。

「それなら、これはどういうことだ？」

萎《な》えている陰茎を掌に掬《すく》われ、咎《とが》められる。

男として情けないものを覚えつつ、鹿倉はぼそぼそと答える。

「お前と別れてから、ずっとこうだった」

「……そうだったのか」

掌に載せたまま、ゼロがその先端に口をつけた。切れこみを吸われて、腹の底から粟立《あわだ》つような感覚が湧き起こる。溢れる先走りを啜《すす》られる。

そのまま亀頭《きとう》からずるずるとゼロの唇に含まれた。

やわらかい茎の根元を噛まれ、熱い粘膜で茎を嬲《なぶ》られる。同時に体内の指で、粘膜越しに性器の奥底を揺さぶるように捏ねられる。

「っ、ぁあ──ふ」

腰がガクガクするほど快楽が膨《ふく》らむのに、ゼロの口から出されたペニスはくにゃりとしたままだった。

「これはこれで、いくらでも咥えてられるな」

そう呟いて、ゼロがまた陰茎を口にする。

力ない茎をくにくにと舌で弄《もてあそ》ばれて快楽を煽られるのは無性に屈辱的《くつじょくてき》で、しかも不全感ばかりが嵩《かさ》んでいく。鹿倉はゼロの前髪を摑んで口からペニスを外させた。

「そこはもういい」

「そこじゃなくて、どこがいいんだ？」

煽るように訊かれて、鹿倉はゼロの額を軽く拳で小突いてから、腿を左右に大きく開いた。

言葉が必要ないほど雄弁に、指を挿《い》れられている粘膜がもどかしがってうねっている。

ゼロが指をひねりながら抜いて、左の口角を上げた。

「こっちもいい加減、限界だった」

両手で鹿倉の腰を摑んでもち上げる男の下腹部では、言葉どおりに怒張《どちょう》の筋を絡みつかせたペニスが破裂しそうな勢いで張り詰めていた。

それを目にしたとたん鹿倉は身体中の体液が逆流するかのような感覚に襲われて、濡れた唇を半開きにして喘《あえ》いだ。

与えられるのを待てなくて、ゼロの幹へと手を伸ばし、握る。

そうして自分のヒクつきが止まらなくなっている後孔へと、それを宛《あて》がった。

「早く来――あ……っ」

来いと言い終える前に、ゼロが腰をぐうっと押し出した。

ぶ厚い笠《かさ》に、襞《ひだ》を薄く引き延ばされていく。

「ああ」

じりじりと押し拓《ひら》かれたあと、今度は体重をかけてゴツゴツした太い幹を一気に突っこまれた。快楽と苦痛が体内で入り混じりながら流砂となって押し寄せてくる。それに呑まれた。

「ひ、ぅ」

頭の奥が激しく明滅して、意識が揺らぐ。

「陣也《じんや》、おい」

頬を軽く叩かれて我に返ったときにはすでに、紅潮した自分の腹から胸にかけて大量の白濁《はくだく》が散っていた。しかも亀頭からはまだ新たな精液が糸を引きながら垂れつづけている。

溜めこんできたゼロへの想いを、目に見えるかたちで引きずり出されたのだ。

そしてそれは、ゼロにも直接的に伝わったに違いなかった。

付け根まで埋められているペニスが、さらに膨張《ぼうちょう》して硬さを増していく。

覆い被さるゼロに、間近から目を覗きこまれた。

「本当なんだな?」

なにを訊かれているかわからなくて曖昧《あいまい》な瞬きをすると、ゼロが少し口籠《くちご》もってから言葉を足した。

「俺としかする意味がないっていうやつだ」

鹿倉は目を細めて、ゼロの髪を撫でた。

「これは、お前としかしてない」

貞節を申告するなど柄でもなくて滑稽《こっけい》なように思われたが、伝えておきたくなったのだ。

脚のあいだを貫《つらぬ》いているものが歓喜にわななく。

あまりのわかりやすさに、鹿倉は笑いに身を震わせた。するとゼロが少し不機嫌顔になる。

「笑ってろ」

「悪い」

笑いに滲んだ涙を左手で拭うと、その手を摑まれた。手に巻いていた大きな血の染みがついたハンカチを外される。

掌の傷口を舌先で抉りながら、ゼロが腰を遣《つか》いだす。

久しぶりの行為にうまく対応できず、鹿倉は一方的に揺さぶられた。粘膜をゴリゴリと擦られる感触は、記憶にあるものよりも格段になまなましくて鮮烈だった。

神経を焼かれるような昂《たか》ぶりに、窒息《ちっそく》しそうになる。

「ゼロ……っ、もう少し」

「なんだ？　優しくしてほしいのか？」

ふざける男の口許を鹿倉は傷ついた掌で塞《ふさ》ぎ、そのまま顔を鷲摑《わしづか》みにしてやる。

喘ぎを噛み殺しながら低い声でうそぶく。

「足りない」

自滅を承知で命じる。

「もっとお前をよこせ」

答えの代わりに、傷を噛まれて、視界が上下に飛ぶほどの勢いで犯される。

やわらんだままのペニスが根元から千切れんばかりに振りまわされ、白濁混じりの体液を撒《ま》き散《ち》らしていく。

——あぁ……届いてる。

腹の底にある冷たくて硬いものを、熱の塊《かたまり》がガンガンと打ち叩いている。

「なんだよ、これ。すげぇ……陣也っ、——あ、っあ」

疾走《しっそう》する獣のように喘《あえ》ぎながら破壊行為に溺《おぼ》れていたゼロが、際限まで動きを速めて、止まった。

「ぐ…、う、うう」

粘膜深くに塊のような粘液を大量にぶつけられて、鹿倉もまた萎えたままの茎をわななかせる。

果てつづけているみたいな状態で留め置かれて身悶《みもだ》えると、ゼロが腰をねっとりと蠢《うごめ》かせた。

「ん……ぁ」

耳許でゼロが囁く。

「なぁ、まだまだ足りないだろ？」

鹿倉は朦朧《もうろう》としながら、笑みを滲ませる。

「——ぜんぶ、よこせ」

想いをわからせるのも、想いをわからせられるのも、まだまだ足りていなかった。

「明日は朝イチで医者に行けよ」

傷を負った身でさんざん無理をし尽くした男が呻き声で応える。

かくいう鹿倉のほうも、最後の体位のままベッドに俯せになって、ぐったりしていた。身体の内側から疼痛《とうつう》が波打つように拡がっている。

意識が濁りはじめて目を閉じたとき、隣でゼロが呟くように訊いてきた。

「本気でイトウを殺そうとしたな？」

身体の芯がひんやりとして、鹿倉は薄目を開けた。

仰向けになっているゼロが顔だけをこちらに向けて凝視《ぎょうし》してくる。暗がりのなか、青みがかった白目が妙に鮮明だ。

この闇を見透かすことに長《た》けた男が、鹿倉の変化に気づかないわけがなかった。

「……ああ。お前が止めなければ、殺してた」

黒い眸がわずかに揺らぐのを、痛みを覚えながら見る。

「俺はもう、必要なら迷いなく殺せる」

それがゼロの望むものでなかったのは承知しているが。

「俺は、俺の目的のために、お前を護るために、人を殺せる。……お前が囚われる光は、もうなくなったんだ」

手段を選ばずに闇を切り拓いて進んでいくしかない。それがゼロの世界で、自分はその世界に足を踏み入れた。

「そうか」

ゼロが手を伸ばしてきて、頭を撫でてくる。

そのどこまでも黒いはずの眸のなかに、光の粒《つぶ》が生じていた。

ゼロ自身は気づいているのだろうか？

鹿倉にイトウを殺させなかったときに、ゼロのなかで起こった変化に。

自分がヒ・コクミンの世界を取りこんだように、ゼロはコクミンの世界を取りこんでしまったのかもしれない。

それはゼロにとって致命的なほど危険なことなのではないのか。

――でも後戻りはできない。

自分はゼロから離れられない。ゼロもまた鹿倉陣也から離れられない。

それならば互いを触媒《しょくばい》にして、変化しつづけていけばいい。

鹿倉もまたゼロに手を伸ばす。

そして闇に紛れる黒髪をたどたどしい手つきで撫でた。

あとがき

AFTERWORD……………………

―沙野風結子―


こんにちは、沙野風結子《さのふゆこ》です。

獣はかくしてシリーズも三作目となりました。

本作には雑誌掲載された「獣はかくして囚《とら》われる」と書き下ろしの「獣はかくして分からせあう」が収録されています。

今回はゼロの背景が明らかになり、光を諦《あきら》めることで生きられた彼に変化が。鹿倉《かぐら》のほうもまた地獄《じごく》に身を置いたことで変化が訪れました。

互いに歩み寄った……という温かみとは別種な気がしますが、互いの要素を取りこんだことは確かですね。

桐山《きりやま》による暴露《ばくろ》。ねちねちと伏線を張っていたので、気がつかれていた方もいることでしょう。そういうことだったわけです。

名前だけだった李《リ》アズハルもがっつりと登場しました。彼の存在自体がシームレスな世界の象徴《しょうちょう》なわけですが、国境という継ぎ目があったらあったで争いの種になり、なければないで新たな次元の弱肉強食が無軌道《むきどう》に展開されていくのだろうな……とか、書きながらグルグルしていました。

なんか今回、早苗《さなえ》をたくさん泣かせてしまいました。まっとうに心を動かしつづけている力ワウソくんは、本当の意味で強いのかもしれません。

あ、裏テーマは、鹿倉の萎《な》え萌えでした。大人の男の萎えは萌え倍増です。

小山田《おやまだ》あみ先生、また盛大な漢前《おとこまえ》祭りイラストの数々をありがとうございます！　このシリーズは先生の描かれる大人の漢の色香が屋台骨で、私の妄想と執筆の支えともなっております。分からせあうのトビラ絵で、鹿倉にタバコ吸わせてよかった……と噛み締めました。

担当様、今回もお世話になりました。いつも的確なアドバイスをありがとうございます。デザイナー様ならびに出版社様、本作に関わってくださったすべての方に感謝を。

そして、このシリーズにお付き合いくださっている皆様、本当にありがとうございます。

キャラクターも出揃《でそろ》い、いよいよラストスパートです。目いっぱい力を籠められるように励《はげ》みますので、見守っていただければと思います。

この本を読んでのご意見、ご感想などをお寄せください。
沙野風結子先生・小山田あみ先生へのはげましのおたよりもお待ちしております。

〒113-0024　東京都文京区西片2-19-18　新書館
[編集部へのご意見・ご感想] 小説ディアプラス編集部「獣はかくして囚われる」係
[先生方へのおたより] 小説ディアプラス編集部気付　○○先生

- 初出 -
獣はかくして囚われる：小説ディアプラス2023年ハル号（vol.89）掲載
獣はかくして分からせあう：書き下ろし

[けものはかくしてとらわれる]
獣はかくして囚われる

著者：**沙野風結子** さの・ふゆこ

初版発行：2024年2月25日

発行所：株式会社 新書館
[編集] 〒113-0024
東京都文京区西片2-19-18　電話（03）3811-2631
[営業] 〒174-0043
東京都板橋区坂下1-22-14　電話（03）5970-3840
[URL] https://www.shinshokan.co.jp/

印刷・製本：株式会社 光邦

ISBN978-4-403-52593-3

沙野風結子
小山田あみ
written by Fuyuko SANO
illustrated by Ami OYAMADA
「獣はかくして」シリーズ
最終巻
鹿倉《かぐら》の中で起こった変化、ゼロの中で起こった変化。
二人はお互いの世界へ少しずつ歩み寄る。
共闘を続ける彼らは、
お互いの目的を果たすことができるのか、
そしてその先にあるものは……？
男たちのスペシャル・リレーション、
ついに完結!!
2025年冬頃、文庫発売予定!!
（予定は変更になることがあります）
SHINSHOKAN
ディアプラス文庫